Restos humanos

Literatura Mondadori, 521

Restos humanos

JORDI SOLER

MONDADORI

Barcelona, 2013

Random House Mondadori, S. A.
Travessera de Gràcia, 47-49. 08021 Barcelona
Primera edición: abril de 2013
Printed in Spain – Impreso en España
ISBN: 978-84-397-2668-5
Depósito legal: B-3.203-2013
Fotocomposición: La Nueva Edimac, S. L.
Impreso en Limpergraf
Barberà del Vallès (Barcelona)

GM 2 6 6 8 5

Raíces y alas. Pero que las alas arraiguen y vuelen las raíces.

Juan Ramón Jiménez

PRIMER ACTO

Desde que oí la voz del director ya sabía el tipo de trabajo que iba a proponerme. Siempre me caían a mí los encargos excéntricos, pero aquella vez algo había en su voz, una cierta impaciencia por llegar a lo que me iba a decir, que lo hacía comerse la cola o la cabeza de las palabras.

En los últimos meses yo había escrito en el periódico, por ejemplo, sobre una ex gimnasta rusa, medalla de oro en los juegos olímpicos de Montreal que entonces, veinticinco años después, vivía alcoholizada en la portería de un edificio de la época estalinista, en un lodoso andurrial a las afueras de Moscú.

O sobre la frustrada batalla legal de una docena de enanos que, en 1996, habían formado un equipo de futbol y que, a causa de su muy evidente singularidad, no podían jugar en la segunda regional española.

O sobre un perfumero que se había hecho muy rico vendiendo una fragancia, en los pueblos de la frontera entre México y Estados Unidos, que incrementaba la virilidad gracias a las hormonas de saraguato, o mono aullador, que contenía su fórmula.

O sobre uno de los vagabundos reales que aparece en la película *Viridiana* (1961) de Luis Buñuel y que entonces, cuarenta años después de su actuación, seguía siendo vagabundo, pero en la plaza Quinet, en París, ciudad a la que, según contaba en aquella entrevista, no recordaba cómo había llegado.

La verdad es que no podía quejarme, me pagaban bien, viajaba al país donde estuvieran estas historias y, de paso, iba juntando capítulos para un libro de criaturas excéntricas que tenía pensado publicar en cuanto tuviera suficiente material.

Lo que me encargó aquel día el director me pareció de entrada, a pesar de la impaciencia que había en su voz, poco épico. No había viaje, porque sucedía en un barrio de la ciudad, y se trataba de escribir una pieza sobre un hombre que se dedicaba a hacer el bien. En realidad el director dijo «a procurar el bien», lo cual entrañaba un compromiso mayor que yo no alcancé a calibrar en aquel momento.

–¿Una especie de misionero? –le pregunté.

–No –me respondió él–. Más bien un santo.

–¿Un santo? –dije, tratando de descifrar si el director me estaba tomando el pelo. Si había que reírse o no de lo que acababa de decirme.

Pero no era ninguna broma. Me contó que, alertado por un colega, había estado la tarde anterior en el mercado donde aparecía el santo, de sandalias y túnica blanca, para predicar, mientras recorría los pasillos, una serie de ideas alrededor del amor, la bondad, la honestidad, la rectitud.

–¿Y esto pasa aquí? –le pregunté asombrado.

–Aquí y ahora. En el siglo veintiuno –respondió el director entusiasmado, porque empezaba a notar que su mensaje había llegado a donde él quería. Sabía que un reportero de raza, como lo era yo entonces, una vez que se interesaba en un tema, no paraba hasta que regresaba a la redacción con la presa entre las fauces.

Antes de colgar, soltó la imagen que me puso a dar vueltas alrededor de la mesa, mientras pensaba de manera nerviosa, caótica y desordenada de qué forma iba a abordar a ese personaje, y desde qué ángulo iba a encuadrarlo para escribir sobre él en el periódico.

–El único referente que se me ocurre es Jesucristo Superestrella –dijo el director, y después colgó.

Al día siguiente estaba yo en el mercado, preguntando a la gente por el santo. Todos lo conocían y cada quien tenía su opinión sobre él. Había quien lo consideraba un loco. A otros les parecía simplemente un vagabundo, un bueno para nada, un vividor o un inútil. Pero también había otros, una minoría, que lo respetaban e incluso hasta creían en él. Como era el caso de Mayola y Jesús Andrés, un matrimonio de pescaderos que se irían convirtiendo en piezas esenciales de la historia que iba a empezar a escribir.

Por recomendación de ellos me senté a esperar en el bar del mercado. El santo no tenía hora fija de llegada, pero, según me aseguraron todos, aparecería durante la mañana.

–Estaré atento, no quisiera perdérmelo –le dije a Jesús Andrés.

–No se preocupe. Es imposible que se lo pierda –me respondió el pescadero.

Bebí dos cafés con leche en lo que hojeaba un periódico deportivo que había en la barra. La barra era un tablón grasoso y cacarizo por donde se paseaba un gato. Pasaba muy cerca de mi antebrazo y de la taza donde humeaba el café. Me desafiaba, se empeñaba en hacerme ver quién era el dueño de aquel espacio.

Cuando iba a pedir una cerveza, para matizar el nerviosismo que empezaba a producirme la cafeína, entró el santo en el mercado, precedido por un revuelo de gritos y voces que, como me había advertido el pescadero, hacía imposible no enterarse de su presencia.

El referente que me había dicho el director del periódico, la noche anterior, era muy preciso. El santo, en efecto, parecía

Jesucristo Superestrella. Era un hombre delgado, de greña y barbón, de túnica blanca, sandalias y unos cincuenta años de edad. En cuanto me acerqué para verlo mejor, observé que tenía un brillo de locura en la mirada y el contorno de los ojos enrojecido, como un alambre candente.

El santo entró caminando por el pasillo de la carne y los embutidos, y luego siguió por el de las frutas y las verduras. Iba soltando en un puesto y en otro consignas solidarias, generosas, amorosas. A una señora que regateaba el precio de los mangos le dijo:

–La fruta es más importante que el dinero.

Y al carnicero, que, desde su punto de vista, vendía demasiado caro el kilo de espaldilla, le soltó:

–La carne que más vale es la tuya y la de tus semejantes, que está todavía viva.

Iba lanzando estos mensajes crípticos mientras recorría los pasillos del mercado, parsimoniosamente, como si en lugar de por el suelo infecto tachonado de frutas podridas y goterones de sangre de res fuera caminando sobre las aguas, con sus sandalias y su túnica de faldones blancos largos. El santo se desplazaba con una majestuosa teatralidad, parecía una figura salida del trazo de un pintor medieval, uno de esos retratos de cristos largos y delgados que pueblan las iglesias góticas.

–¡Buenos días, hijos míos! –decía el santo, y algunos vecinos le respondían con respeto, con admiración incluso.

Otros más parcos lo saludaban con un movimiento de cabeza. También había quien no hacía absolutamente nada, ni un gesto. Pero nadie le quitaba los ojos de encima. Su paso por el mercado se desarrollaba en perfecta armonía, avanzaba rodeado, más bien acorazado, por un halo de espiritualidad, hasta que un hombre, medio oculto entre dos pilas de cajas de madera, gritó, con una crudeza desmedida, con una voz que parecía una piedra haciendo añicos un cristal.

–¡Con esos trapos y esas sandalias pareces maricón!

Después de ese violento estallido sobrevino un denso silencio. Al santo se le descompuso la cara. Yo estaba muy cerca de él, tratando de no perderme ningún detalle, y me pareció que hacía un esfuerzo por contenerse, por no responder a esa provocación. Pero unos segundos más tarde la situación se había salido de control. El hombre, quizá drogado, quizá con demasiadas copas, quizá un energúmeno en su estado natural, quizá un individuo harto de los sermones de aquel predicador de barrio, se le echó encima. El santo intentó defenderse, esquivar los golpes que el hombre trataba de darle. Rodaron los dos por el suelo, dando tumbos de un lado al otro, tirando cajas de fruta y de verdura mientras la gente alrededor, fieles e infieles, trataba de separarlos. Al santo lo jalonaban de la túnica para rescatarlo y otros intentaban contener al agresor, que a pesar de la seriedad del acontecimiento, se reía con unas carcajadas profundas, que le nacían en el fondo del pecho y salían a la superficie con un chasquido, con un ruido seco y breve como el que hace la punta de un látigo.

–¡Deje al santo varón! –gritó Mayola, la de los pescados, en lo que Jesús Andrés, su marido, brincaba desde su puesto y, en dos saltos de increíble longitud, se ponía frente al agresor y se lo quitaba al santo de encima.

El santo se levantó del suelo ayudado por dos señoras, mientras una tercera trataba de recomponerle la túnica.

En el momento en que se esperaba de él un mensaje, y quizá hasta una condena a ese acto artero y gratuito, levantó la mano derecha y lanzó una sentida bendición.

–*Modicum vivere in pace* –nos dijo a los que, sin saber muy bien qué hacer, lo contemplábamos.

La fuerza de esas palabras en latín terminó imponiéndose al veneno que acababa de esparcirse por el mercado. Se expandieron por toda la nave hasta que toparon contra el techo de hierro, haciendo el ruido de un águila que quisiera ir más allá, y no pudiera, y no obstante hiciera resonar contra los hierros unos cuantos aletazos.

Incluso el hombre que lo había agredido lo miraba pasmado, en lo que se sobaba un codo que probablemente se había lastimado contra el suelo.

Luego el santo dio media vuelta y se abrió paso entre la muchedumbre. Salió del mercado bastante desgreñado pero con paso firme. Llevaba las sandalias en la mano y la túnica manchada de varios tonos de verde, verde kiwi, verde aguacate, verde especia marroquí. También lucía un desgarrón en la túnica que iba desde el ombligo hasta la tetilla derecha.

–¡Santo varón! Pero ¿qué le ha pasado? –le preguntó la señora de los periódicos, que no estaba al tanto del rifirrafe que acababa de protagonizar.

–El peaje de la vida piadosa –le respondió el santo.

Más tarde, cuando me presenté y le conté que me habían encargado un reportaje sobre su persona y su obra en ese barrio, me dijo, mirándome con esos ojos, que unos minutos antes me habían parecido de loco, pero que entonces ya habían adquirido una desconcertante dignidad:

–Es imprescindible evitar la ira, ese momento en que lo veo todo rojo. Porque un santo es precisamente eso: un hombre que sabe dominar sus rojos.

Me senté en un café a tomar notas de lo que acababa de ver. No quería olvidar ningún detalle. Anoté los nombres de Mayola y Jesús Andrés, los pescaderos. Reconstruí de memoria lo que acababa de decirme el santo sobre la ira y los rojos. Al final anoté una línea de una canción de Pink Floyd («Brian damage», del álbum *The dark side of the moon*, 1973) que recordé en ese momento y que, pensé entonces, podría utilizar como cuña en algún punto del artículo: «there's someone in my head, but it's not me». Hay alguien en mi cabeza, pero no soy yo.

Pronto comprendí que el encargo que me había hecho el director era mucho más difícil de lo que parecía. El santo tenía características de personaje de ficción, parecía el dibujo de un artista del medioevo, y yo necesitaba escribir un reportaje real, una historia de verdad que iba a publicarse en un periódico serio. ¿Cómo podía convencer a mis lectores de que ese santo, que predicaba en un mercado de la ciudad, en pleno siglo XXI, existía de verdad? Las fotografías, con lo fácil que es hoy manipularlas, ya no son prueba de nada. Ya iría el lector que quisiera a comprobar, con sus propios ojos, la existencia de ese santo, pensaba yo entonces. Pero antes, y esto me quedaba muy claro, yo tenía la obligación de escribir un texto veraz.

«Que mis lectores no duden, en ningún momento, de que ese santo existe –anoté debajo de la cita de Pink Floyd. Y después, más abajo–: ¿Qué obtiene el santo a cambio del bien que procura?, ¿dónde y de qué vive?, ¿qué come?, ¿cómo es que le dio por convertirse en santo?»

Antes de despedirme de él, luego de que me dijera aquello de la ira y los rojos, le pregunté si al día siguiente regresaría al mercado. Me dijo que no, que el rondín espiritual le tocaba en el burdel. Que podía acompañarlo, si quería.

En la noche, después de cenarme una ensalada de espinacas con media botella de vino, me puse a buscar santos en mi colección de películas. Santos predicadores, santos religiosos, santos lunáticos y enloquecidos.

Primero llegué a *Ordet* (1955), *La palabra*, de Carl Theodor Dreyer, esa hermosa película, de un riguroso blanco y negro, que cuenta la historia de la familia Borgensgard. Ahí aparece Johannes, encarnado por el actor Preben Lerdorff-Rye, un hombre con estudios de Teología que se siente Jesucristo y que, a pesar de que predice acontecimientos, con una escalofriante actitud de poseído, la gente lo considera un loco.

Después revisé *Simón del desierto* (1965), de Luis Buñuel. La historia de Simón el estilita, un anacoreta, medio santo y medio loco, que vive durante años en el desierto, arriba de una columna, hasta que llega el diablo, que es Silvia Pinal, a tentarlo, mostrándole los muslos con una inolvidable lubricidad. Simón el estilita es el actor mexicano Claudio Brook, que tenía ciertos ángulos y sobre todo una mirada parienta de la del santo del mercado. En todo caso, el referente de Simón era bastante más preciso que el de Jesucristo Superestrella. En mi libreta anoté el nombre del actor, como una alcayata estética de la cual podría agarrarme en algún momento de duda.

Finalmente revisé *Nostalgia* (1983), de Andréi Tarkovski, la secuencia de Domenico, interpretado por Erland Josephson, cruzando la piscina vacía con una vela, y la del loco que predica brevemente antes de prenderse fuego. También revisé *Stalker* (1979), del mismo Tarkovski, para empaparme de la locura, y de ese discurso, de una lucidez excéntrica, que hace el actor Aleksandr Kaidanovski, en La Zona.

Luego, haciendo memoria, recordé otros locos, con aire de santos, de otras películas de Tarkovski, que prometí revisar más adelante.

En mi libreta, debajo del nombre de Claudio Brook, anoté: «Tarkovski tiene un manantial de santos locos».

Y por último anoté: «Buscar aquella novela, de un escritor de Europa del Este, que se llama, creo, *Nostalgia de la resistencia*».

Al día siguiente, más o menos a la misma hora que había aparecido en el mercado, llegó el santo al burdel. Yo lo esperaba desde hacía cuarenta y cinco minutos, en el portal del edificio de enfrente, leyendo distraídamente el periódico. Del edificio habían salido, durante esos tres cuartos de hora, una señora mayor con un perro faldero, y dos mujeres jóvenes, una con un carrito de bebé y otra con un bebé en brazos. Se trataba de una vivienda familiar que contrastaba, de manera estridente, con el burdel que había del otro lado de la calle. Aunque es verdad que, si no se estaba al tanto, lo que ahí había era una misteriosa puertecita por donde entraban y salían muchachas emperifolladas y hombres de traje que miraban con ansiedad, hacia los cuatro puntos cardinales, antes de meterse precipitadamente. Aquel contraste entre el burdel y las familias que lo rodeaban producía efectivamente una estridencia, pero relativa, porque es verdad que en las ciudades los vecinos no suelen estar enterados de quién vive enfrente, o en la puerta de al lado, o incluso dentro de su propio corazón.

Me acerqué en cuanto lo vi venir, y el santo se me quedó mirando como si no me reconociera. Después de un par de rápidos parpadeos que, al parecer, le refrescaron la memoria, me dijo:

–Venga conmigo, voy a presentarlo como mi primo, para no tener que dar explicaciones.

El burdel estaba en la parte baja del edificio, se entraba por la puertecita negra que algún despistado podía confundir con la portería y después se bajaba por una escalera hasta una amplia nave, que se extendía por debajo de la manzana. Predominaba el granate, los terciopelos, los gobelinos, los peluches y los oropeles, y un aroma picante de ambientador con esencia de lima. Nada más entrar, cuando todavía no lograba yo acostumbrarme a la penumbra, a esa noche artificial que permitía a la clientela beber y fornicar sin culpabilidad a las once de la mañana, el santo abordó a una muchacha de nombre Anaís Negra. Le dijo que entendía perfectamente su necesidad de llevar dinero a casa pero que –y en ese momento le agarró piadosamente la mano– había otras opciones menos comprometidas.

La muchacha le respondió, con una crudeza que me hizo desviar la mirada hacia un horrendo tibor, que no hacía eso nada más por el dinero, que también le gustaba su oficio y que si trabajara en un laboratorio de análisis clínicos, o en un mostrador de aeropuerto, sería exactamente igual de puta, pero sin cobrar un céntimo. Y toda esta retahíla la soltó Anaís Negra en voz muy alta, con las últimas palabras reventadas por una racha de carcajadas, que terminó contagiando al resto de las señoras que esperaban, ociosas y acicaladas, a la clientela.

–No se rían tanto, hijas mías –dijo el santo, abriendo mucho los brazos en medio de ese salón de alfombras y cortinas rojas y, mirándolas una a una a los ojos, porque las carcajadas de Anaís habían atraído a media docena de damas, empezó a decir, con un tono de voz reposado y muy didáctico, ideas sobre la importancia de la castidad y la continencia.

Ignoraba las risotadas con que iban premiando las señoras su discurso, y las invitaba a que pasaran alguna vez por su templo, a escuchar sus disertaciones.

Y ahí fue donde las carcajadas se volvieron ensordecedoras. Todas las mujeres se reían a coro, y también Escolapio, el conserje que custodiaba la entrada. Porque a esas alturas de la visita ya toda la casa de putas esperaba, ansiosa y carcajeante, la bendición, para entonces sí desternillarse, y el santo, que, como me explicaría después, creía que frenar o recular era indigno de un hombre como él, lanzó esa escueta bendición en latín, de cuño propio, *modicum vivere in pace*, que le había oído la mañana anterior en el mercado. La bendición era, al parecer, su último recurso. La energía de la palabra contra el veneno de la serpiente.

Después abandonó deprisa el burdel, recogiéndose la túnica y procurando no pisarla con las sandalias. Yo salí detrás de él y sentí que aquella parroquia subterránea me miraba con malsana curiosidad.

Más tarde el santo me explicaría que aquella era la recepción habitual. Que cada semana le pasaba más o menos lo mismo.

–¿Y por qué sigue regresando, si ya sabe lo que va a pasar? –le pregunté.

Él se me quedó mirando desde esa lejanía que tenía permanentemente en los ojos, como si mirara todo desde la copa de un árbol, antes de responderme:

–Regreso con la esperanza de que pase eso que no pasa nunca.

Más tarde apuntaría esa frase en mi libreta porque me parecía que describía perfectamente su oficio. El santo estaba apuntalado por una lógica contundente: era un hombre inverosímil, con una misión imposible.

Después de esas dos primeras experiencias, no tenía dudas de que estaba frente a una gran historia. Tampoco tenía idea de lo mucho que iba a complicarse, en los siguientes meses, la vida del santo. Una complicación que ya entonces empezaba a gestarse.

Como en todos mis reportajes anteriores, el método de trabajo terminó definido por el sujeto de mi investigación. Desde el principio quedó claro que al santo había que seguirlo, tenía que ir pegado a su espalda para entender la experiencia, para comprender la dimensión vivencial de su quehacer. También, es verdad, que él tenía que contarme muchas cosas. Yo estaba ahí, atestiguando una fracción de su vida, durante un periodo específico. Pero luego él tenía que contarme lo que yo no había visto, o a lo que no tenía acceso por ser muy privado, como las conversaciones con su hermano, o con su prima, o el increíble lío en que se metió, precisamente en la época en que yo lo iba siguiendo para hacer mi reportaje.

Explico esto para establecer la objetividad de mi trabajo periodístico, que estaba conformada por mi experiencia directa con el santo, más las cosas que él mismo me iba contando, su narrativa personal, más la tercera historia, producto del chispazo entre las dos anteriores, que tuve que ir coligiendo a lo largo de mi investigación, y todo esto completado con las preguntas que iba yo haciendo a las personas de su entorno. Finalmente esta historia que estoy tratando de contar aquí se parece a la narración de cualquier vida, que está necesariamente compuesta de hechos, y de la interpretación de estos hechos.

La segunda noche que llegué a mi casa, mientras cenaba otra ensalada y bebía la mitad del vino que había quedado, revisé mi libreta de apuntes y comprendí que aquella historia que me había encargado el director no podría escribirse para la semana siguiente, como él quería. La vida de ese santo en la era de Google daba para un libro completo.

Al día siguiente hablé con el director y le ofrecí escribir una pieza general sobre el santo, para la semana siguiente. Luego le dije que la historia daba para mucho más y que seguiría trabajando en ella.

–Haz lo que quieras –me dijo–. Pero si tardas demasiado, no estoy seguro de que el periódico pueda pagarte eso.

Así transcurrían los días del santo. Visitaba el mercado, el burdel, la floristería, la panadería, casi todos los comercios del barrio. Iba hablando con la gente. Entraba en contacto con su rebaño a partir de un ramillete de frases crípticas. En todos sus años de santidad había aprendido que el mensaje llegaba mejor si iba envuelto en cierta bruma, si obligaba al receptor a darle un par de vueltas para descubrir lo que el mensaje escondía. La palabra lanzada de manera oblicua para que permaneciera el sentido. El mensaje despojado de su carcasa semántica. El mensaje volando en completa libertad, como una paloma. ¿No era el espíritu santo, precisamente, una paloma?

Después de hacer su rondín matutino pasaba por un poco de pan, leche, algo de jamón, cosas básicas que siempre le regalaban. Era un santo, y los santos no cargan dinero, no lo necesitan.

–No gaste usted en esto, santo varón –le decía la señora de las baguettes y los bizcochos.

–La verdad es que hace usted más por nosotros que nosotros por usted –puntualizaba Alicia, la de la leche, mientras él hacía un gesto agradecido, un gesto doble que servía para aceptar su comentario y también el litro de cartón que esa buena mujer le ponía en las manos.

Con Alicia, que era una de las pupilas del santo, hablaría más adelante para llenar algunos huecos de esta historia. En la libreta tengo anotado un perfil fugaz: «Alicia Sánchez Osorio. 60 años. Soltera, menuda y seca. Propietaria de La Blanca (leche y productos lácteos)».

El santo vivía solo, en un piso que pagaba su hermano y

que le servía para hacer, dos veces por semana, eso que él llamaba sus «disertaciones».

A estas acudían dos o tres vecinas que consideraban ese espacio como su templo, como el punto cósmico donde lograba aflorar su más arraigada espiritualidad.

El santo disertaba sobre una gran cantidad de temas, siempre desde el punto de vista pagano y anclando su discurso en datos científicos, en especulaciones filosóficas, en anécdotas que había ido coleccionando y que ventilaba cada vez que necesitaba clarificar una idea. Planteaba, por ejemplo: una mujer secuestrada por un mafioso no es libre, porque no puede salir, ni abandonar la habitación. No puede elegir si estar fuera o dentro, está ahí contra su voluntad. Pero ¿qué pasa si esta mujer se enamora de su secuestrador y *quiere* estar ahí, y no *quiere* alejarse de ese hombre que la ha enamorado? ¿Es libre aun cuando esté secuestrada?

El santo pasaba la mañana leyendo libros de sabiduría sufí, de tarot, de filosofía, de conceptos básicos de yoga, un poco de Jung y algunos episodios de ovnis que podían servirle para ilustrar, y revestir, su mensaje. Hacía lo que hace cualquier líder espiritual que se prepara y documenta para recibir en la tarde a sus fieles. Leía, tomaba notas, dibujaba un esquema de lo que iba a decir y, a veces, cuando consideraba que el mensaje era muy importante, lo ensayaba frente al espejo del baño. Lo iba pronunciando atentamente, para corregir las derivas involuntarias de la boca, la intensidad de la mirada y, a veces, implementaba un gesto aparentemente casual, como pasarse la mano por el pelo, o por la mejilla o el mentón mientras decía, por ejemplo:

–No es fácil ser santo en este mundo acosado permanentemente por los demonios de la tecnología.

Y aquí dejaba que se le inyectaran los ojos de santidad, y de rabia por lo difícil que era mantenerse santo en los albores del siglo XXI.

De las primeras cosas que le pregunté al santo fue la razón por la que un hombre decide vivir como él vivía, enfocado en hacer el bien y privándose de un montón de cosas, como el sexo, por mencionar una de ellas. Tenía la impresión de que el santo había llegado ahí desde las drogas, que había tenido una de esas juventudes llenas de excesos y que, un buen día, había decidido dar un golpe de timón.

«Como Eric Clapton, que, después de sus famosas adicciones y de su impresionante guitarra cocaínica, se reconvirtió en un hombre abstemio, detractor de los vicios y los viciosos, que ofrece conciertos acústicos vestido de blanco impoluto», anoté en mi libreta. Y luego también anoté: «¿De qué otra forma, si no, puede un hombre de cincuenta años andar por la calle vestido de túnica soportando un cúmulo inhumano de humillaciones?».

Pero pronto me enteré de que las drogas no habían tenido nada que ver. De hecho, el santo había sido toda la vida un detractor del vicio y de la gente viciosa. Su vocación venía de otra parte.

Después anoté en mi libreta una idea de Gilles Deleuze, una idea sobre la filosofía en general que, en ese momento, me pareció que arrojaba luz sobre mi investigación: «La filosofía puede implicar grandes batallas interiores (idealismo-realismo, etcétera), pero son batallas irrisorias. Al no ser un poder, la filosofía no puede librar batallas contra los poderes, pero mantiene, sin embargo, una guerra sin batalla, una guerra de guerrillas contra ellos».

Donde Deleuze escribía «filosofía», yo leía «santidad», y veía en el empeño del santo, precisamente, «una guerra sin batalla, una guerra de guerrillas contra ellos».

«Pero ¿quiénes son, exactamente, ellos?», anoté al final en mi libreta.

Lo de ensayar sus disertaciones frente al espejo lo había aprendido el santo de su padre, que era el párroco del barrio. Que su padre fuera el cura era una cosa excepcional, un privilegio. Los curas son célibes, y no deben tener sexo y mucho menos hijos. Pero el padre del santo había sido distinto, había tenido sexo y los había tenido a él y a su hermano.

Si de algo se cuidaba el santo en sus disertaciones era de nunca mencionar a Dios. Lo de él iba más allá, más allá de Dios y de su padre, porque, desde su óptica personal, Dios estaba en todas partes, era el sol, la leche que acababa de beber, el sillón donde estaba sentado y la parvada de partículas de polvo que se elevaba cada vez que movía su túnica. Desde este espontáneo panteísmo, donde todo era uno y uno era todo, el santo se encaramaba en la sincronicidad de Jung. Era un convencido de que todo está conectado, de que la casualidad no existe y de que cada acontecimiento se debe a la combinación de esos pequeños acontecimientos previos que le han dado origen.

El padre del santo había sido un sacerdote que, después de la misa vespertina, en lugar de irse a recluir, como su rebaño esperaba, a su habitación de hombre solo, iba a su propia casa a cenar, a mirar la tele en calzoncillos con una copita de brandy, y luego a dormir, después de hacerle a su madre todo aquello que hacen los hombres que no son célibes a sus mujeres.

Cada mañana, muy temprano, su padre se ponía a ensayar su homilía frente al espejo del baño. Más bien ensayaba los gestos y los ademanes con que acentuaría cada tramo de su monólogo. Cuando hablaba del demonio abría mucho los ojos, y cada vez que mencionaba la infinita misericordia de Jesucristo nuestro señor, abría mucho los brazos y elevaba mucho la voz; como si pretendiera que su mensaje llegara al mismísimo Jesucristo.

Luego bebía café con un chorrito de brandy, hacía un par de buches de Astringosol y se iba a misa de siete hurgándose los dientes con un palillo. Durante todos esos años los vecinos que lo veían entrar y salir de la casa lo saludaban dirigiéndose a él como «padre», o «señor cura» o «monseñor». Y a veces mandaban saludos a su hermana y a sus sobrinos, que en realidad eran su mujer y sus dos hijos.

En varias ocasiones, durante su infancia, el santo y su hermano fueron interceptados por alguien del barrio que les solicitaba que pidieran a su tío, para que este a su vez le pidiera a Dios, por la salud de fulanita. O que hablara con tal autoridad sobre el tema de las farolas. O de los baches en la calle o del ruido que hacía en la noche el bar de la esquina. Un montón de peticiones que eran la prueba de la enorme influencia que tenía su padre en el vecindario.

Cuando era apenas un niño, el santo se plantaba en las misas de su padre para contemplar la obra que había visto ensayar en la mañana frente al espejo, y que había ido perfeccionándose, misa tras misa, a lo largo del día.

–Qué tío más inteligente tienes, ¿no estás orgulloso de él? –le decía alguna de esas damas piadosas que iban a misa un jueves a las cinco de la tarde. Esas mismas viejas damas que serían las madres, o las abuelas, de las señoras que años más tarde oirían sus disertaciones.

–¿Y no te parece deprimente que tu mensaje lo oigan puras mujeres vetustas? –había preguntado un día el santo a su padre sin sospechar el destino que, agazapado como una pantera, lo esperaba a él. Y lo había preguntado aprovechando los anuncios que interrumpían el concurso de baile que miraba el cura, de copita y calzoncillos, cada noche en la televisión.

–Debes tomar en cuenta, hijo mío –comenzó a responderle, luego de apresurar un sorbito de brandy, que aspiró con los labios apretados contra la copita, como si fuera un pajarito que metiera el pico en los pistilos de una flor–, que esas viejas carcamales que llenan de bisbiseos mi santa iglesia, y que acuden cada tarde a escuchar mis homilías, son quienes se encargan de esparcir mi mensaje, son las que recogen el fuego de mis palabras para llevarlo, en cuencos llameantes y ardientes, al resto de los habitantes de la tribu.

Aun cuando el santo toda la vida se había esforzado por alejarse de la figura de su padre, aquella imagen de los cuencos llameantes y ardientes circulando entre los habitantes de la tribu le parecía la síntesis perfecta de su propio quehacer.

Si algo caracterizaba al padre del santo era su gusto desmedido por las mujeres. Un gusto que era muy evidente para él y para su hermano, no solo por los aullidos que pegaba cuando montaba a su madre después de la calistenia del concurso de baile y las copitas de brandy; también porque con frecuencia lo veían salir de ese mismo burdel que, paradojas de la existencia, luego visitaría el santo para lanzar su mensaje más desesperado. Otra pantera que aguardaba, pacientemente agazapada en el porvenir, para saltarle encima.

–Pero si tu tío parecía nuestro accionista principal –oí que un día le dijo Garamoña, la puta más vetusta del lugar, mientras las demás señoras se arremolinaban como hienas, como chacalas, para mofarse del santo.

Un hombre de gafas oscuras y gruesa bufanda llegó una tarde a la casa del santo a escuchar la disertación. Nadie lo había visto nunca.

–¿Podría usted guardarme esto en su congelador? –le dijo al santo después de presentarse como un «fiel en potencia» de su parroquia, que había sido «inquietado por Jesús Andrés, el pescadero del mercado».

–¿Inquietado?

–Sí, ya me entiende usted –respondió el hombre poniéndole en las manos una caja de plástico, un Tupperware que contenía una materia helada.

Un pescado, supuso el santo, pensando en el conocido común que había enviado a ese hombre a su templo.

El congelador era un espacio pequeño donde no había más que dos tabletas para hacer hielos. Como algo tenía que hacer con esa caja que le enfriaba las manos, y también convenía ser amable con ese nuevo fiel, porque no tenía muchos, sacó las tabletas y metió la caja al congelador.

El hombre se sentó en uno de los cojines que estaban ahí dispuestos, para uso de los fieles, en el suelo. Permaneció todo el rato inmóvil y atento, entre Alicia (la propietaria de La Blanca, leche y productos lácteos) y Ricardita. De esta última, que más adelante sería una ayuda invaluable para mi historia, por las escrupulosas descripciones que me haría de las disertaciones del santo, también anoté en mi libreta un brevísimo perfil: «Ricarda Montes Sabugo. 69 años. Separada de su marido, que una noche salió a comprar tabaco y no volvió. Una viuda técnica que se niega a serlo –anoté, y luego puse debajo un signo de dinero y al lado–: Vive, según su amiga Alicia, del dinero que le da un pretendiente fantasmal, que casi nadie ha visto y que ella niega tajantemente».

–¿No estaría usted mejor sin sus gafas oscuras? –le preguntó el santo a su nuevo fiel, interrumpiendo su monólogo sobre la sincronicidad de Jung, a la luz del tarot.

Después de hablar un buen rato frente a los ojos expectantes de Alicia y Ricardita, los ojos ocultos de su nuevo fiel comenzaban a parecerle una afrenta.

–No es posible, santo varón –respondió el hombre mientras se ajustaba la bufanda, que no solo era exageradamente gruesa, sino que dentro del salón, recalentado por el sol de la mañana, resultaba ridícula.

–Y la bufanda, ¿no estaría usted más fresco sin ella? –preguntó el santo.

–No es posible –volvió a responder el hombre con decisión.

–Bueno, sigamos adelante –dijo el santo, desconcertado, evitando con mucho afán el verlo todo rojo, reprimiendo su deseo de quitarle las gafas de un guantazo y mirarle de una vez por todas los ojos.

El hombre notó su enfado, se dio cuenta de que a causa de sus rotundas negativas el santo había perdido el hilo de su disertación. Ahora divagaba por los arcanos mayores del tarot sin saber cómo conectarlos con la sincronicidad y sus epifenómenos. Una conexión que antes de enfrentarse con ese hombre fluía de maravilla.

–No puedo quitarme las gafas porque tengo un ojo errante, que se va de pronto sin que yo pueda hacer nada para retenerlo –dijo de improviso el hombre, a manera de justificación, interrumpiendo lo que estaba diciendo el santo, que, en realidad, ya no era más que puro balbuceo.

–Ya veo –dijo el santo, y añadió, decidido a aprovechar la coyuntura que acababa de abrirse–: Pero cuéntenos, ¿qué ve usted cuando el ojo se le va a explorar?

Preguntó eso porque le parecía que, a partir de ese ojo explorador, podría rehilvanar su discurso.

El nuevo fiel sudaba en medio de las dos señoras, estaba sentado con las piernas cruzadas encima de un cojín amarillo, que casi desaparecía debajo de su contundente físico. Una cosa que no pasaba con Alicia y Ricardita, que eran tan menudas que cabían holgadamente en sus cojines.

–Pues, mire usted –dijo ajustándose la gruesa bufanda, como si de pronto se hubiera colado en el salón un frente frío–, cuando empieza a irse mi ojo errante, hace un rápido barrido hacia la derecha, hacia el tabique de la nariz, digamos, y por ahí penetra en la parte posterior de la órbita ocular y después, en su recorrido por las concavidades que constituyen esa región, va mirando, y yo con él, las bambalinas del ojo, filamentos, micromusculaturas, continentes de tejido conjuntivo, arterias azulosas que palpitan con locura. Todo visto a la luz de la tonalidad rojiza que ofrece nuestro interior, que, como bien sabrán ustedes, es más bien crepuscular.

Y una vez terminada la explicación, se quedó mirando fijamente al santo, o eso supuso él, porque, como tenía las gafas oscuras, era imposible saberlo con certeza. Podía incluso haberse quedado súbitamente dormido.

–Cautivadora la experiencia de su ojo vagabundo –dijo el santo, genuinamente deslumbrado por la aguda descripción que había hecho aquel hombre de los periplos de su ojo, y convencido de que el tema de su disertación acababa de irse al garete.

Para no dejar a sus fieles con la sensación de que su discurso estaba fuera de control, abundó sobre la descarnada anécdota de su nuevo fiel.

–Me pregunto, hijo mío, si en las errancias de tu ojo sería posible viajar más profundamente hacia el interior del organismo, para mirar los engranajes del espíritu.

El nuevo fiel se quedó inmóvil ante semejante pregunta, que había hecho el santo moviendo mucho los brazos, para hacer volar los velos de su túnica, con ese golpe de teatro que le encantaba implementar. El hombre se quedó tan inmóvil que el santo pensó que su pregunta lo había ofendido, y que lo estaba desafiando con su silencio.

–¿Quiere que le repita mi pregunta? –insistió el santo, también un poco desafiante.

Lo que siguió fue un silencio que empezaba a ponerlo muy nervioso, y que Ricardita interrumpió con un amable golpe de su codo contra las costillas del nuevo fiel.

–Perdone usted –dijo el hombre con cara de asombro, aun cuando los ojos no se le podían ver–. Me he quedado traspuesto, últimamente duermo muy mal, tengo mucho trabajo, ¿sabe?

Y en cuanto el santo le repitió la pregunta, el hombre respondió:

–Las veces que he intentado mirar más allá de las concavidades que constituyen su hábitat, el ojo se me ha desbarrancado cuerpo abajo. Cuerpo adentro, quiero decir.

Aquella respuesta los dejó intrigados.

–¿Y qué es lo que mira cuando el ojo se le desbarranca? –preguntó Alicia tirándose un poco hacia atrás, como si temiera que ese desbarrancamiento fuera un fenómeno contagioso.

La pregunta, aunque pertinente, era un franco desacato a la autoridad del líder espiritual, porque era una pregunta que tenía que haber hecho él. Para rescatar algo de su liderazgo perdido, el santo puntualizó:

–Sí, abunde usted un poco en su visión, por favor.

El hombre los miró alternativamente a los tres, volvió a reajustarse el moño de la bufanda y dijo:

–Veo como si me fuera cayendo de espaldas a un precipicio, voy viendo pasar a mis costados las paredes del desfiladero hasta que llego al fondo del barranco, y ahí me quedo tendido como un alpinista accidentado.

–¡Jesús María y José! –gritó Ricardita llevándose una mano a la boca.

–Pero no se alarmen –comenzó a decir el hombre para tranquilizarla, y también a Alicia, que lo miraba con admiración y un poco de asco. En cambio, el santo había adoptado una actitud más bien escéptica–. Verán ustedes, mientras voy cayendo y llego al fondo, mi otro ojo permanece firme, en su sitio y mirando al frente, como un soldado.

–¿Y cómo rescata usted al ojo del fondo del barranco? –preguntó el santo con brusquedad, atropellando incluso la frase que acababa de pronunciar el hombre. Quería cortar de una vez por todas los desacatos en su templo.

–Muy fácil –respondió el hombre–. Hago una siesta, y cuando despierto ya está de vuelta en su sitio.

–Creo que ya va siendo hora de que terminemos –dijo el santo, e inmediatamente después impartió su bendición.

Ricardita y Alicia se levantaron de sus cojines y esperaron a que el hombre se pusiera de pie para decirle lo impresionadas que habían quedado con la historia de su ojo, y que conocían un oculista excelente que quizá podría ayudarlo con su problema.

–Un momento, señoras –dijo el santo–. No agobien al caballero, que no va a querer volver a nuestro templo.

Y empujándolas suavemente en dirección a la puerta, las despidió.

El hombre se quedó de pie, resoplando mientras se ajustaba el moño de la bufanda. El santo no podía creer la atracción que provocaba ese nuevo elemento. Pensó que la novedad, por sí sola, era suficiente para volver atractivo a ese mamarracho de bufanda y gafa oscura, y luego le dijo:

–Y bien, hijo mío, ¿cómo has encontrado nuestra comunidad?, ¿hemos correspondido a las expectativas que había sembrado en ti Jesús Andrés el pescadero? Porque algunas cosas te habrá dicho nuestro amigo, ¿no es así?

El hombre se le quedó mirando, o más bien apuntando hacia él sus gafas oscuras, y luego declaró:

–He encontrado su comunidad muy atractiva y su mensaje muy cálido.

–Vaya, vaya, pues lo celebro mucho, ¿eso quiere decir que nos acompañarás en otra ocasión?

–Cuente usted con ello, santo varón, pero antes quisiera pedirle un favor –dijo poniéndole una mano en el hombro y acercándole demasiado la cara, tanto que el santo alcanzó a percibir un fondo de ajillo moteado de café, anís y un purete no muy fino.

–Tú dirás, hijo mío –respondió el santo alejándose un poco de su enorme cara, que parecía una luna de esas gibosas y desgraciadas que arrastra el planeta Júpiter.

La bufanda le apretujaba hacia arriba las partes flácidas de la cara, le revestía las mandíbulas con un tumulto gelatinoso de pellejos. Debajo del labio inferior le sobrevivía un manchón de brillo grasiento del cerdo, del congrio, del buey o de lo que fuera que hubiera comido. El pelo, desbancado por las blandengueces de su rostro, que absorbían toda la atención, era una pelusilla que caía en el norte de la luna, como una lluvia dispareja.

–Necesito que me guarde la caja en el congelador, durante unas horas, o quizá unos días –dijo, todavía sin quitarle la mano del hombro.

–Ah, era eso –respondió el santo desconcertado, porque pensaba que aquel hombre, al que a todas luces le hacía falta un consejo espiritual, iba a solicitarle uno.

–¿Y qué hay dentro de ese Tupperware? –preguntó el santo de manera retórica, porque sabía que ahí debía de haber una mojarra, o un atún, que debía haberle comprado a Jesús Andrés, el pescadero del mercado.

–Un ojo –respondió el hombre con toda tranquilidad, mientras se señalaba el vidrio derecho de las gafas oscuras.

–¿Un ojo? –preguntó el santo separándose violentamente de él–. ¿Quieres decir un ojo humano? –añadió un momento después, con un creciente desconcierto.

–Así es, en efecto, un ojo humano –comenzó a decir el hombre, con una voz y un gesto que hizo pensar al santo que, debajo de esas gafas oscuras, había un apretado tumulto de lágrimas que pujaba por salir–. Sucede que estaba esperando una donación para trasplantarme el ojo y que gracias a Dios ha llegado, procedente de una morgue de Toronto, en Canadá –dijo el hombre metiéndose un dedo debajo de la gafa para rascarse el ojo izquierdo, y luego continuó–: El ojo me fue enviado desde allá, en esa misma caja que ha hecho usted el favor de guardarme. Pero resulta que el médico que va a practicarme el trasplante no puede hacerlo hasta dentro de unas horas, quizá días, y que mi vida a salto de mata no me permite conservar mi futuro ojo como es debido. Tengo un camión con el que reparto mercancía de pueblo en pueblo, y con frecuencia tengo que dormir a bordo. Me orillo en la cuneta, me echo una manta sobre el pecho y ahí mismo cierro los ojos y me duermo y, como usted podrá imaginarse, esa no es vida para un ojo conservado en hielo.

Quince días más tarde, cuando ya había publicado la pieza general, y un tanto superficial, en el periódico, le pedí permiso al santo para grabar lo que me iba contando. En cuanto vi publicado el artículo me pareció que faltaba un poco más de cercanía en la narración. Sin embargo, el director del periódico llamó para felicitarme. Hay cosas que solo detecta el que escribe el artículo, el que conoce todas las posibilidades que tenía la historia, todas las formas en que podía haber sido contada, y las razones por las que se eligió tal o cual perspectiva, en lugar de las otras. El director celebró el aire esperpéntico del artículo, «la astracanada», dijo textualmente. Yo le dije que el santo, y el mundo que lo rodeaba, eran exactamente así, que yo no había tenido intención de escribir un artículo esperpéntico, que me había limitado a describir la realidad, que era efectivamente esperpéntica.

Cuando colgué con el director anoté en mi libreta de notas: «Quizá, antes de seguir adelante, habría que releer a Valle-Inclán». Y más abajó anoté una de esas ideas que proporcionan todo un planteamiento estético: «El maltrato sistemático al que está expuesto el santo se parece a aquel que le dispensa al ciego la pandilla de muchachos desastrados en *Los olvidados* (1950), de Luis Buñuel».

La historia iba creciendo y me interesaba no pasar por alto algunos detalles, por eso me parecía imprescindible empezar a grabarlo. Al publicar en el periódico la historia, general y superficial, sobre el santo, me había quitado de encima la presión del tiempo. A partir de entonces mi investigación podía adquirir su ritmo natural; cada historia tiene su ritmo, su tempo, su música y su respiración, y si no se respetan estos elementos, si se ataca el tema a la velocidad que marca el periódico, la historia queda desnaturalizada, más que la cosa en sí nos queda su fugaz reflejo.

En aquellas sesiones grabadas, el santo me iba revelando lo que podía, porque su vida empezaba a complicarse y no quería comprometerse hablando de más con un periodista. De esta información parcial que obtuve entonces salió el panorama general de sus disertaciones, los temas que trataba, la dinámica de la reunión dentro de su casa. Pero no sería hasta diez años más tarde, cuando yo, por supuesto, ya me había olvidado por completo del proyecto, cuando el santo me revelaría absolutamente todos los detalles de la historia. Durante esos diez años, no volví a verlo. El último contacto que había tenido con él había sido por teléfono. El santo había cambiado radicalmente de opinión sobre mi reportaje, había pasado de no decirme nada para no meterse en problemas, de huir constantemente de mí, a pedirme que publicara todo lo que iba a contarme «con pelos y señales». Deseaba que sus seguidores, y la gente que lo había conocido, supieran que él no había sido culpable de ningún delito, que había sido engañado por una organización criminal y que lo habían utilizado para encubrir a los verdaderos responsables. «Lo único que quiero es que se sepa la verdad», me dijo ese día por teléfono, con un temblor vengativo en la voz que yo no le conocía. Luego, con ese mismo temblor, me contó un resumen, apresurado y veloz, de su asombrosa historia. Yo, como he dicho, ya había abandonado el proyecto, me había cansado de perseguirlo y había archivado en el fondo de un cajón todo el material que había ido juntando. Estaba muy concentrado en un artículo, que pretendía convertirse en libro, sobre la ex gimnasta Nadia Comaneci, y venía aterrizando de un viaje a Bucarest, que había terminado en la casa de la estrella rumana en Oklahoma. Quiero decir que cuando llamó el santo yo estaba perfectamente descolocado, y sin embargo saqué la carpeta donde dormía la investigación, y quedé en verlo al día siguiente, en su casa, para que me revelara todos los detalles de eso que acababa de decirme apresuradamente, porque sin ellos, sin esos detalles y esos datos duros que atornillarían mi narración, sin ese testimonio personal del santo, que había sido pieza clave en una organización criminal con ramificaciones hasta el más alto nivel político, no había historia, había una aproximación, había una anécdota, un relato, un suceso, quizá un chiste pero no una historia, había un cuento, una intriga, una fábula pero de ninguna manera una historia. Casi no dormí aquella noche esperando que llegara el momento de hablar con el santo. Al día siguiente acudí puntualmente a nuestra cita, pero el santo había desaparecido, se lo había tragado la tierra, y yo, después de digerir la frustración, lo había dado por muerto y había regresado a mi artículo y a mi libro sobre Nadia Comaneci, y no volvería a saber nada de él hasta una década después.

El día que recibí aquella llamada anoté en mi libreta: «Como si no fuera ya de por sí asombrosa la vida de este santo laico del siglo XXI, ahora, después de esconderse de mí durante meses, me cuenta esto, que es una bomba».

Y más abajo anoté: «Imprescindible contar con la complicidad del director del periódico, porque hay varios funcionarios públicos, de alto nivel, involucrados».

Y por último anoté: «El santo renace de sus cenizas, ¿o vuelve de la tumba?».

A la mañana siguiente, al abrir el refrigerador para sacar el cartón de leche, el santo sintió un escalofrío. Amanecer un viernes con un ojo humano en el congelador no podía ser más que un pésimo augurio. Era urgente hablar con Jesús Andrés, el pescadero.

Caminó hasta el mercado recibiendo, como era habitual, todo tipo de halagos y de insultos. La vida de un santo occidental en el siglo XXI era así, una vida permanentemente jalonada, de un extremo, por los entusiastas, y del otro por los detractores. Aunque es verdad que desde el principio de su vida de santidad sus detractores superaban en número a los que creían en él. Como también es verdad que la espiritualidad que proponía el santo tiene un papel muy modesto en este milenio: la tribu ha cambiado de tótem y hoy el rebaño encuentra más respuestas en Google o en el iPhone que en su pastor.

Llegando al mercado el santo vio que el camino estaba obstruido por varias pilas de cajas de madera, y en lo que buscaba un hueco para introducirse, cuidando de no ir a desgarrarse la túnica con la cabeza saliente de un clavo, un joven amable y forzudo le dijo:

–Permítame, santo, voy a mover estas cajas para que pase usted.

–Que tengas salud y poder, hijo mío –le contestó al tiempo que lanzaba una bendición contra su espalda, encorvada y vibrante por el peso inclemente de las cajas.

–Yo le estoy muy agradecido, santo –le dijo el muchacho en cuanto terminó de mover la pila de cajas que obstruía el camino–. Usted salvó a mi madre del alcoholismo.

–Esa es precisamente mi misión en la tierra, hijo mío –le respondió el santo antes de echarse a caminar, por el pasillo central, rumbo al puesto de los pescaderos.

A medida que avanzaba iba levantando la gritería de costumbre, con su habitual crescendo de decibelios y majaderías. El santo resistía. Se desplazaba con la parsimonia de siempre, procurando no mancharse los faldones de fruta o de sanguaza, y repartiendo bendiciones por igual a seguidores y a detractores.

Ahí estaba justamente la clave de su misión: resistir, no caer en las provocaciones, reconvertir la ira de los descreídos, y su animadversión, en el motor de su oficio.

–Usted no puede dar un paso sin alborotar el gallinero –le dijo Jesús Andrés en cuanto logró llegar al puesto.

El santo no respondió, miraba fijamente a Mayola, que estaba fileteando con destreza una pieza larga sobre un tablón de madera.

Jesús Andrés le profesaba al santo, desde hacía varios años, una esforzada devoción, de la que sus colegas se mofaban y se carcajeaban, y sin embargo él y su mujer seguían ahí, con una fidelidad a toda prueba. Asistían de vez en cuando a sus disertaciones, y con frecuencia le regalaban una trucha o medio kilo de calamares. Y todo porque, años atrás, había logrado enderezar a su hijo Julito, que era un niño problemático, y adicto al alcohol y a las pastillas, que terminaba sus lúgubres fiestas domésticas oyendo a los Doors, brincando desnudo por el salón con un gesto maniaco y eventualmente golpeando a su madre, y recibiendo los mamporros de su padre, que tenía que alzarlo en vilo y batallar para encerrarlo en su cuarto y esperar a que se le bajara el jolgorio.

–Sé que no me he portado bien con usted –le había dicho entonces Jesús Andrés al santo–. Pero no tengo a quién recurrir, y me han contado que usted ayuda a la gente desesperada.

El pescadero había ido a tocar a su casa, muerto de vergüenza porque, hasta ese momento, pertenecía al grupo de los detractores y le gritaba gruesas guarradas cada vez que aparecía en los pasillos del mercado.

Julito, el hijo problemático de los pescaderos, era uno de los grandes orgullos del santo, era la prueba viviente de que su santidad era útil, y de que tenía sentido.

Mayola fileteaba esa pieza larga con una fruición que le puso al santo la piel de gallina. Tuvo que dejar de mirarla para concentrarse en lo que quería preguntarle al pescadero. Quería saberlo todo sobre el misterioso hombre de las gafas oscuras. Quería averiguar si Jesús Andrés tenía alguna referencia de su escalofriante Tupperware.

–Se refiere usted a Childeberto, ¿no? –preguntó el pescadero.

Una pregunta extraña, pues dejaba margen para pensar que Jesús Andrés tenía más de un amigo que andaba por la vida transportando un ojo en una cama de hielo.

–La verdad es que no le pregunté su nombre –dijo el santo–. Pero creo que estamos hablando de la misma persona.

–Childeberto es un amigo de la familia. Mayola y yo le conocemos desde hace años, y en cuanto me habló de sus inquietudes espirituales le sugerí que fuera a verlo a usted, santo varón.

–¿Y el ojo? –preguntó el santo, porque en realidad era eso lo que le preocupaba.

-Bueno, lo del ojo me lo había pedido a mí, pero, como usted comprenderá, Mayola y yo no podemos tener ese tipo de material entre nuestros pescados. Acabaríamos confundiéndonos y vendiéndolo en medio de una docena de ostras –le respondió Jesús Andrés con una amplia sonrisa, para que se entendiera que acababa de hacer un chiste.

Aquella explicación le pareció al santo muy poco convincente. Sin embargo, el dato de que ese hombre era amigo de los pescaderos le produjo cierta tranquilidad y, sobre todo, entusiasmo. «Uno es amigo de sus amigos y de los amigos de estos», pensó en ese momento, mientras veía a Mayola fileteando ahora una pieza rojiza, metiendo la punta del cuchillo y luego separando una parte de otra, abriendo a la luz esa carne virgen, con sus grasas, sus aceites, con su profundo olor a encierro, y en lo que el santo se dejaba cautivar por esa imagen, una mano callosa y veloz ascendió entre sus muslos, por debajo de la túnica, y fue directamente a palpar su órgano sexual. El santo gritó y pegó un salto que hizo también brincar a Mayola y a Jesús Andrés. El resto del mercado volteó a verlo. El infeliz que acababa de palparlo reía a carcajadas y levantaba y exhibía la mano que acababa de meterle, como si quisiera pedir la palabra y tanta risa le impidiera expresarse.

–No hagan caso a este majadero –se apresuró a decir el santo, pero ya Jesús Andrés comenzaba a quitarse el delantal, y a arremangarse la camisa, y a resoplar de una manera que no era más que el preámbulo antes de abandonar de un salto su puesto, y salir hecho una furia en pos del mequetrefe.

Lo arrastró por el cuello, lo llevó hasta el puesto de los frutos confitados y ahí, pasando por encima de un enorme jarrón de arándanos, cayeron los dos al suelo trenzados en una trifulca que despertó un griterío ensordecedor. El santo corrió hacia el punto donde se revolcaban y, procurando no pisar los arándanos, ni los trozos de cristal que habían quedado diseminados por el suelo, intentó separarlos. Pero todo lo que obtuvo fueron manotazos tangenciales, y una serie de gritos obscenos que encendían todavía más el griterío.

–¡Venga, santito, no se involucre usted! –le dijo Mayola justamente cuando una ciruela podrida lo golpeaba en el centro de la frente.

En lo que trataba de limpiarse el almíbar que le escurría por la cara y se le metía en los ojos, Mayola tuvo que llevárselo de la mano al puesto, como si fuera un ciego, para atrincherarse detrás de los grandes trozos de hielo que tenía sobre el tablón del mostrador. Cuando el santo terminaba de limpiarse los manchones de fruta que tenía en el cabello, en los pelos de la barba y en la túnica, llegó el pescadero con los codos llenos de sangre.

–¿Está usted bien, santo varón? –preguntó en lo que su mujer le limpiaba la sangre con un trapo.

–Lo mismo te pregunto a ti, hijo mío, ¿te encuentras bien?

–Perfectamente. He puesto en su sitio a ese palurdo, y ahora se lo pensará más de dos veces antes de ofenderlo a usted.

–Así sea, hijo mío –le respondió el santo, deseando fervientemente que así fuera.

El mercado regresó poco a poco a su estado natural. La señora de las frutas confitadas barría del suelo los últimos arándanos y trataba, sin mucho éxito, de asustar con la escoba a un perro que intentaba comerse alguno.

–Estábamos hablando de Childeberto –dijo Jesús Andrés, ya de vuelta en su puesto de trabajo, con el delantal alineado y los codos limpios, y afilando el cuchillo con el que empezaría a filetear un pulpo.

–Me decías que era amigo tuyo y de tu mujer.

–Y además es padrino de Julito.

–Ah, ya veo –dijo el santo, y luego preguntó–: Y, por cierto, ¿cómo va Julito?, ¿sigue en la línea aérea?

–Va muy bien –comenzó a decir el pescadero en lo que tallaba con fuerza el cuchillo contra el afilador–. Ahora es piloto de un Boeing que hace vuelos internacionales. Mayola y yo nos subimos el otro día con tal de oírlo hablar por los altavoces. Nos acordamos mucho de usted. Si no fuera por su ayuda, vaya usted a saber en qué andaría ahora nuestro Julito.

Busqué en Google el origen del nombre Childeberto. Me parecía uno de esos nombres que acaban conformando al hombre que lo lleva. Una persona con las características físicas que me había descrito el santo tenía, sin duda, que llamarse Childeberto. Más adelante, cuando lo conocí en persona, pensé que ese nombre se quedaría fijado eternamente en mi memoria, en ese hombre grueso de gafas oscuras y una cabeza, ancha, plana y prominente, que merecía un cuerpo que midiera un metro más de altura.

Puse el nombre en el rectángulo de Google, con la seguridad de que se trataba de un invento de su madre. «¿Cómo llamamos a esto, tan particular, que acabo de parir?», tenía que haber preguntado la madre al padre de Childeberto. Pero me llevé una sorpresa al leer: «Childeberto I (497-558). Fue un rey franco, uno de los cuatro hijos de Clodoveo I». También leí que Clodoveo, al morir, dividió su reino entre sus hijos, y que a Childeberto, en el territorio que le fue asignado, le tocó en suerte París. También leí, y anoté en mi libreta por si podía servirme más adelante: «En 542 se apropió de Pamplona, con la ayuda de su hermano Clotario I».

Y más abajo anoté: «Cercó Zaragoza, pero fue expulsado rápidamente. Se llevó en prenda una reliquia, la túnica de san Vicente, que le sirvió para fundar, en París, el monasterio de San Vicente, que después se convertiría en la abadía de Saint-Germain-des-Prés».

Y por último anoté: «Murió en el año 558, sin descendencia».

Este dato se me quedó grabado porque, a medida que iba conociendo a Childeberto, pensaba que sería difícil encontrar una mujer que tuviera el valor de engendrar un hijo con él. Más tarde comprobé que me estaba equivocando, que era una ingenuidad pensar que la fealdad carecía de atractivo y que, ciertamente, la belleza no era más que un elemento, uno entre muchos, de los que se dispone para seducir a alguien. Y más adelante, conforme me iba enterando del detalle de las actividades de Childeberto, y de su insólita escalada en el organigrama del Ayuntamiento, deseé fervientemente que, igual que el rey Childeberto I, Childeberto Talamantes se fuera de este mundo sin dejarnos comprometidos con su descendencia.

Después de que Jesús Andrés, el pescadero, le diera razón sobre su compadre Childeberto, el santo regresó a su casa con un kilo de calamares y un litro de leche. En lo que los acomodaba en los entrepaños del refrigerador sintió la tentación, violenta y urgente, de ver el ojo. Era viernes y tenía por delante la soledad del fin de semana, eran dos días en los que declaraba una larga noche hasta el amanecer del lunes, porque en las cosas del espíritu el sábado y el domingo pertenecían al cura.

En cuanto el santo había empezado a tener cierta clientela, el cura lo había citado en la sacristía de su parroquia. Mientras bebían el té que sirvió una monja de abundante vello facial, el cura le había dicho que él era muy tolerante con las creencias de cada quien, y que sentía mucho respeto por cualquier culto que fuera capaz de atraer seguidores, pero, «como bien sabrá usted –le dijo textualmente–, hay una frase clásica que dice que al césar lo que es del césar y a Dios lo que es de Dios, y los fines de semana pertenecen a Nuestro Señor». Luego el cura había llamado a la monja para pedirle la botella de anís y dos vasitos. Acababan de llegar a un acuerdo, y todo acuerdo, según dijo, había de cerrarse con un licor cordial. El santo dijo que no tenía ningún problema en dejarle libres los fines de semana, pero que no podía aceptar el anís porque no bebía alcohol. El cura, que era un hombre ancho y ovoide, se le quedó mirando con severidad en lo que empujaba hacia él, con el dedo índice que se arrastraba ruidosamente por la superficie de la mesa, el vasito de anís que ya le había servido.

–¿Está usted despreciando mi invitación? –le preguntó con severidad.

–Sería yo incapaz de semejante gesto –respondió el santo, muy comedido.

–Entonces beba, hágame el favor –ordenó el cura, golpeando contra la mesa la punta del mismo dedo índice con que había empujado el vasito.

–No bebo alcohol, ya se lo he dicho; si quiere cerramos el trato con más té.

–¿Me está desafiando usted?

–No, desde luego.

–Su tío, que Dios tenga en su gloria, ese hombre del que usted aprendió todo lo que sabe, nunca me despreció una copa.

–Me lo puedo imaginar, no era un hombre que se privara de nada.

–Un momento, amigo, su tío era ministro del señor, y merece un respeto.

–Tengo que irme, padre, y con anís o sin anís considero este trato cerrado –dijo el santo y se fue, haciéndole antes una respetuosa caravana, y otra a la monja velluda que los observaba con reconcomio desde un lóbrego rincón de la sacristía.

Antes de salir dijo una cosa de la que después se arrepintió. No pudo evitarlo, le molestaba mucho que confundieran su oficio con el de su padre. Era una de las formas, quizá, de defender al santo de sí mismo.

–Y, por cierto, lo que yo hago no tiene que ver con lo que hacía mi tío, él era un cura de iglesia, un pastor del sistema, y yo soy un líder espiritual sin ataduras.

Pero en ese momento, en lo que acomodaba los calamares y el litro de leche en los entrepaños del refrigerador, el santo se encontraba como el explorador al borde del Sáhara, que mira la interminable extensión de arena y duda de que tenga fuerzas suficientes para llegar al otro lado. Así se encontraba el santo ante el deseo de abrir el Tupperware y mirar el ojo, sin fuerzas para resistir esa tentación que se extendía, como un interminable paréntesis de arena, hasta la mañana del lunes. Ante todo consideraba que no era correcto espiar lo que había en la caja. Le parecía que ese órgano, cuya custodia se le había encargado, sería una parte muy íntima de otro cuerpo que él no tenía por qué conocer.

Cocinó los calamares mientras escuchaba una tertulia en la radio sobre la corrupción de los funcionarios del Ayuntamiento. Escuchaba con cierto suspense porque en cualquier momento podía salir el nombre de su hermano a relucir, cosa que al final no pasó.

En la tarde hizo ejercicios de respiración, tomó notas sobre algunas generalidades para su próxima disertación, revisó su correspondencia electrónica: ofertas de viajes a Cuba y a Egipto, promociones de Viagra, un paquete de depilación láser y alargamiento de pene, y un mail de su hermano donde le avisaba que pasaría a verlo en algún momento del fin de semana. También ojeó un par de blogs (astroyoga.com y queremostantoalaserpientekundalini.ar).

Después se puso a estudiar los arcanos mayores del tarot de Marrakesh, un nuevo vehículo didáctico con el que pretendía enseñar a sus fieles a encontrar consuelo en los ritmos del cosmos. Se trataba de una teoría incipiente que empezaría a difundir en cuanto estuviera lista, pero antes tenía que saberse al dedillo los arcanos marroquíes, sus significados, sus metáforas, sus ramificaciones y su aplicación a la vida de todos los días.

En la noche se sentó frente al televisor a mirar el concurso de baile, como lo hacía su padre, pero él sin copita de brandy y procurando pasar de largo frente a los pechos que temblaban al ritmo del anárquico mambo que tocaba la orquesta. Trataba de concentrarse en los ojos de las bailarinas, pero en algunos momentos no le quedaba más remedio que voltear para otro lado, hacia el congelador donde yacía, sobre su tétrica cama de hielo, el ojo humano. Todo lo que había hecho en la tarde había sido mirando de reojo el congelador. En cuanto terminó el programa se fue a la cama batallando contra la tentación de abrir la caja, y así, con ese mismo estado de ánimo, inquieto y levantisco, despertó el sábado.

Se sirvió un vaso de leche y se sentó frente al refrigerador, en una silla que puso ahí a propósito. Ya en la tarde, luego de comerse el resto de los calamares, y de otra estancia bastante larga en la silla, pensó que la única forma de sacarse de la cabeza esa tentación era cayendo en ella, así que, con un profundo sentimiento de alivio, abrió la puertecita del congelador y, con el corazón tan al galope que sacudía con virulencia la retícula de su plexo solar, sacó el Tupperware.

En cuanto lo puso sobre la barra, al ver la escarcha que cubría la tapa, entendió que debía maniobrar rápidamente porque de otra forma el órgano podía descongelarse y echarse a perder, y condenar a Childeberto a pasar el resto de su vida con el ojo vagabundéandole por el interior del cuerpo. Destapó la caja con un alarmante temblor en el pulso, y lo que quedó frente a sus ojos fue un bloque de hielo con una masa oscura dentro.

Con la ayuda de un tenedor movió un poco el bloque para ver si, desde otra perspectiva, lograba identificar, en esa masa, algo que pareciera un ojo. Cuando estaba regresando la caja al congelador, sin haber conseguido identificar el ojo, sonaron cuatro fuertes golpes en la puerta. «Mi hermano», pensó. Nadie más tocaba cuatro veces seguidas con esa fuerza, con esa intensidad propia de una persona muy segura de sí misma, propia de un alto funcionario de la alcaldía que tiene la ciudad a sus pies.

–¡Ya voy! –gritó el santo, tratando de espantarse de la cabeza lo que acababa de ver.

Su hermano no podía enterarse de que tenía un ojo humano en el congelador.

En cuanto abrió la puerta percibió que venía con la espada desenvainada. Aunque era sábado, iba enfundado en su traje oscuro de funcionario. Llevaba una corbata roja con el nudo fuertemente atado y esto le daba un aire displicente, una actitud que lo hacía levantar demasiado la cabeza.

–Me ha dicho Mayola que ayer montaste un pollo en el mercado –dijo su hermano mientras paseaba la mirada llena de sospecha por el salón y la cocina. Y luego añadió–: Habíamos quedado en que no habría más escándalos, ¿no?

–Sí –respondió el santo–. Pero lo de ayer no fue un escándalo mío sino de Jesús Andrés, que salió a defenderme.

–Pero el escándalo fue por tu culpa, ¿no? –preguntó el hermano mientras observaba extrañado la silla que estaba frente al refrigerador.

–No, no fue mi culpa. Lo que pasa es que la gente se mete conmigo.

–¡Y por qué se meterá contigo! –tronó el hermano, alzando esa voz de barítono que tan bien resonaba en las bóvedas del Ayuntamiento-. ¿No será porque sales a la calle vestido como un payaso?

Y al decir esto soltó un resoplido, y se sentó de golpe en la silla. Un gesto que el santo interpretó como una invasión.

–Esto ya lo hemos hablado. Eso que a ti te parece una payasada es para mí una exigente vocación que requiere cada día de mucho esfuerzo –replicó el santo, tratando de contenerse. Tratando de no dejar paso a la rabia que lo ponía a verlo todo rojo.

–Muy bien –dijo el hermano abriendo los brazos como esos árbitros del boxeo que piden así el cese de las hostilidades–. Pero un día de estos vas a meterte en un lío, y ese lío va a terminar cayéndome a mí.

Dicho esto, se palpó los bolsillos interiores de la americana y sacó un sobre con dinero que echó sobre la barra de la cocina, en el punto exacto donde hacía unos minutos había estado el ojo congelado.

–Ahí está lo tuyo –dijo con pesar para hacerle ver, una vez más, que la razón por la que le pagaba el alquiler y veía por él no era ni el amor fraterno, ni la solidaridad con su vocación de santo, ni siquiera la compasión.

La razón era aquella promesa solemne que le había hecho, hacía ya muchos años, a su padre.

Con el objetivo de comunicarles algo muy importante, su padre los había invitado a tomar café en la sacristía. En la misma habitación y sobre la misma mesa donde, años más tarde, se reuniría el santo con el párroco ovoidal y la monja velluda para negociar su ausencia los fines de semana.

Su hermano era diez años menor que él, y ya desde esos tiempos era una promesa de la política municipal. En cambio, el santo vivía, ya desde entonces, tan concentrado en sus cosas que se había convertido en una preocupación para sus padres.

La iglesia estaba vacía aquella noche, la misa de ocho había terminado y en la mesa de la sacristía departía el párroco con sus dos hijos. El santo bebía infusiones de camomila mientras su padre y su hermano bebían carajillos de anís. Esa noche su padre estaba explosivo, dicharachero y sumamente procaz. Hizo una apología de las nalgas de Bertita, que había admirado largamente después de darle la comunión, mientras ella regresaba a su asiento. Después elaboró una hagiografía de los pechos de la señora Carballo, «que tiene más de sesenta años, pero ¡qué manera de deleitarnos las pupilas con sus exquisitas mamolas!, ¿no?». Luego se puso súbitamente sentimental y les habló de su vejez, del presentimiento que tenía de que iba a irse muy pronto y de los infames achaques que experimentaba a su avanzada edad: de sus pústulas, de su psoriasis, de sus eructos con regusto a bilis y de los desencuentros que comenzaba a experimentar con su mujer, la madre de los dos muchachos: «Se me sigue poniendo gorda, pero ya no se me amaciza», les decía a él y a su hermano, con lágrimas en los ojos, e inmediatamente después servía más anís, y al santo un poco más de la camomila que había en una jarrita.

Como la noche empezaba a hacerse larga, y su hermano tenía que resolver todavía un par de contubernios en el Ayuntamiento, le dijo a su padre que revelara de una buena vez aquello tan importante que debía comunicarles.

–¿Y qué es eso tan importante? –preguntó su padre sorprendido, tratando de reprimir la salida borrascosa de uno de sus eructos biliosos.

–Dímelo tú –dijo el hermano–. Tú nos has convocado aquí para decirnos algo.

Entonces el cura se sintió comprometido a decir algo importante y, como era un hombre elocuente, y una poderosa máquina de pirotecnia verbal, sirvió más anís, se puso de pie y los condujo al altar de la iglesia, que a esas horas no tenía más almas que las suyas.

Luego de vaciar su copita de un solo trago, carraspeó un poco antes de ordenarle al santo:

–¡Túmbate aquí, hijo mío!

Y mientras sus palabras, dichas con esa fuerte voz de barítono que había heredado su hermano, se multiplicaban en ecos por toda la cúpula, señaló ceremoniosamente la superficie del altar, con esa misma teatralidad que había heredado el santo.

–¿Quieres que me tumbe en el altar? –preguntó sorprendido.

–¡Túmbate! –reiteró el cura con fuerza.

Para el hermano del santo, aquel fue el gran momento místico de su padre. Por razones muy evidentes, nunca había podido tomarse en serio su fe, ni su ministerio; pero aquella noche entendió, por alguna misteriosa razón, que era un hombre efectivamente conectado con una fuerza superior.

En cambio el santo, que fue el epicentro de aquella ceremonia, se quedó con una impresión radicalmente distinta, que tuvo el acierto de nunca revelar.

En cuanto se acostó sobre el altar, recordó que la semana anterior, después del programa de baile, habían pasado en la tele *La profecía*, una película de posesión diabólica que había impresionado a su padre vivamente, y que tenía una escena en un altar parecida a la que estaban ahí reproduciendo.

El cura pidió a su hijo menor, que contemplaba la ceremonia a una prudente distancia, que se acercara, porque iba a decir esa cosa tan importante.

–El señor me ha dado dos hijos –empezó a decir con los brazos en cruz–. Y hay uno que cuando yo falte tendrá que velar por el otro.

Y en cuanto dijo esto los miró a cada uno fijamente, para asegurarse de que lo escuchaban. Luego le dijo a su hijo menor:

–Prométeme aquí, ante Dios, que vas a velar por el bienestar de tu hermano. Y tú, Empédocles, prométeme que harás caso de sus consejos.

El cura murió unos meses más tarde. Un día después, como suele pasar en esos matrimonios altamente simbióticos, lo hizo su mujer, esa señora discreta que, en lugar de llamar a su hijo Empédocles, como todo el mundo, le decía «mi santo».

Lo que iba revelándome el santo me parecía cada vez más apasionante. Hablaba con él, y grababa nuestra conversación, dos o tres veces por semana, después de alguna de sus incursiones en el mercado o en el burdel.

Aquella escena delirante en la sacristía me la contó el santo porque yo le había preguntado sobre el tipo de relación que tenía con su hermano, ese personaje que, conforme la historia ganaba volumen, crecía en importancia, igual que Childeberto.

Anoté en mi libreta: «Revisar *La profecía* (1976), de Richard Donner. Película donde supuestamente aparece la escena que inspiró al cura el día de la reunión en la sacristía».

Más abajo anoté: «Desde luego, no incurrir en el análisis freudiano del santo. Parece muy evidente de dónde viene su vocación. También su repulsión por la bebida y el contacto sexual parece el rechazo a esas pulsiones que conformaron su niñez y su juventud. Parece tan evidente que no hay que decir nada. Sería redundante. No incurrir en el análisis freudiano quiere decir: no explicar lo obvio, incluso en el caso de que no sea verdad. El exceso de explicación desdibuja la figura del santo, que debe conservar siempre un halo de misterio».

Por último anoté ciertos aspectos del filósofo Empédocles, porque me parecía que, así como Childeberto estaba moldeado por su nombre, el santo también podría estarlo por el suyo.

Cuando llego a la filosofía comienzo a desconfiar de Google y de Wikipedia, así que extraje la información del libro *La filosofía griega*, volumen 2 (varios autores, editorial Siglo XXI, 1972).

Anote en mi libreta: «De todos los presocráticos tardíos, Empédocles sería, por el contrario, el que mejor conservó el parentesco del ser cósmico y del ser humano».

Más abajo anoté: «Su doctrina yuxtapone una física de nuevo estilo con una religión emparentada con las cosmogonías».

Y por último anoté: «Los principios de la mezcla y la disgregación. O del amor y el odio. O de Afrodita y Neikos. O de Armonía y Cydeimos, u otros nombres equivalentes».

El martes siguiente Ricardita y Alicia llegaron puntualmente a la disertación.

–¿Vendrá el hombre de las gafas oscuras? –preguntó Ricardita con evidente ansiedad.

–Seguramente –respondió el santo.

No podía concebir que Childeberto no apareciera y le dejara ahí el ojo que iba a trasplantarse. Si es que era un ojo aquello que estaba dentro del congelador.

–Es hora de empezar –dijo el santo un poco contrariado, porque su nuevo fiel no aparecía.

Pero en cuanto comenzaba a trenzar su disertación sobre el tarot de Marrakesh, Childeberto tocó ruidosamente la puerta.

–Perdone usted, santo varón, pero la vida del camionero suele ser muy azarosa –se excusó, parapetado detrás de sus gafas oscuras, y con el cuello revestido con su bufanda gorda, que lo hacía sudar de manera muy visible–. Me preguntaba si podía usted guardarme esto.

Dijo con una solemnidad glacial, enseñando una bolsa de supermercado, donde se adivinaba otra caja de las dimensiones de la anterior.

–¿Otra? –preguntó muy sorprendido el santo, y añadió, en voz muy baja para que las señoras no escucharan–: ¿Otro ojo?

–Si usted me lo permite, se lo explicaré al final de la disertación. Mientras tanto sería conveniente que la metiéramos en el congelador –dijo Childeberto poniéndole la bolsa de plástico en las manos.

El santo remontó esa tarde como pudo, se sentía fallón y distraído. Trataba de discurrir sobre el tarot de Marrakesh, pero estaba muy inquieto con el nuevo ojo del siniestro Childeberto. ¿Tendría también errabundo el otro ojo?, ¿le habrían dado dos por si fallaba uno?

Al final, en lo que recogían los cojines del suelo, Ricardita y Alicia se pusieron a conversar animadamente con Childeberto. El camionero respondía con una sorprendente locuacidad, quizá porque era un hombre forjado en la monótona soledad de los viajes por carretera, que pasaba horas y horas alimentando frente al volante unas ganas tremendas de hablar.

«¿Y cómo es que puede conducir un camión un hombre con el ojo vagabundo?», se preguntaba desconcertado el santo.

–¿Qué significa este otro Tupperware? –reclamó muy airado, en cuanto se fueron las señoras, señalando con cierta histeria el congelador.

–Significa que tenemos excelentes noticias, santo varón –respondió Childeberto con un tono cantarín que dejó al santo confundido, y que le impulsó a preguntar:

–No tendrás errabundos los dos ojos, ¿no?

–Nada de eso –respondió Childeberto–. Lo que me ha hecho el favor de guardarme usted ahora es un riñón.

–¡Un riñón! –gritó el santo, e inmediatamente añadió–: Pues me haces el favor de llevarte las dos cajas ahora mismo.

Y para enfatizar ese deseo abrió el congelador, sacó los dos recipientes y los puso en la barra de la cocina.

–No se precipite usted, santo varoncito –dijo Childeberto.

A una de las cajas se le desprendió un pedrusco de hielo y, como si tuviera vida propia, se desplazó graciosamente sobre la superficie de aluminio.

Todos los movimientos de Childeberto eran ejecutados con una calma y una ceremonia que denotaban la enorme confianza que tenía en sí mismo, y también lo mucho que dominaba la situación. Su sobrada confianza, la seguridad que tenía de que iba a guardarle ese riñón y lo que hiciera falta, minaba la voluntad del santo, que no se sentía capaz de oponerse a ese flagrante atropello. Aquel gordo de gafa oscura y bufanda ridícula lo tenía sometido, o quizá, como me diría el santo una década más tarde, era él mismo quien, por algún umbrío mecanismo psicológico, deseaba que lo atropellaran de esa forma.

–Verá usted –empezó a explicarle Childeberto–, el ojo es para ese trasplante que habrán de practicarme, y el riñón es para mi amigo Lamberto; pues resulta que, por primera vez en la historia, los donadores de órganos se han adelantado a los médicos que ejecutan los trasplantes, y esto da como resultado que quienes hemos aplicado para una donación nos encontremos, de buenas a primeras, con nuestro órgano y sin nadie que nos lo coloque. Así que el único remedio que nos queda es conservar el órgano hasta que llegue el momento del quirófano. Por desgracia, para los choferes de camión, como yo y mi amigo Lamberto, esto resulta una complicación mayor que nos orilla a recurrir a santos como usted.

Y, al decir esto, Childeberto puso las dos manos solemnemente encima de los recipientes, que ya empezaban a soltar gruesas gotas de agua encima de la superficie de aluminio.

–De todas formas, hijo mío, esta situación me parece una irregularidad que podría incluso llevarnos a la cárcel –se quejó con amargura el santo.

–Pero qué dice usted, entrañable varoncito, si esta situación ha provocado que cientos de casas, en esta ciudad, tengan órganos en el congelador.

–Bueno, Childeberto, eso ya me tranquiliza un poco. ¿Y cuándo crees que puedas llevártelos?

–Imposible saberlo, varón, imposible. Y ahora, si no dispone usted otra cosa, debo irme.

Y, dicho esto, se apropió de la mano izquierda del santo y le plantó un beso ardiente y salivoso en los nudillos.

Esa misma noche, ya sin ningún miramiento por la intimidad de su pupilo, el santo se abismó frente al riñón congelado. Después de cepillarse los dientes, colocó la caja de plástico sobre la barra de la cocina. Descubrió, con un creciente desasosiego, que el riñón, metido en un trozo de hielo, era idéntico al supuesto ojo que le había dejado hacía unos días.

A la mañana siguiente, mientras preparaba una infusión y miraba de reojo, y con recelo, el congelador, sintió que su próxima disertación, el siguiente encuentro con sus pupilos, comenzaba a darle miedo.

Era la primera vez que tenía esa sensación, me contó el santo, mirándome desde el fondo del pozo de su memoria, con los ojos ligeramente extraviados, y sus contornos solferinos como un alambre candente.

Su oficio no le había dado miedo nunca. No le daban miedo ni las humillaciones, ni los objetos ni las frutas podridas que le arrojaban, ni las palizas que alguna vez le habían dado, ni ninguno de los riesgos que tenía ser santo en el siglo XXI, santo de barrio, santo urbano, santo mártir, santo, santo, santo. Quién sabía con qué iba a llegarle la próxima vez el siniestro Childeberto.

Como placebo para la angustia que traía enroscada como un fular alrededor del cuello, había calculado que, en caso de que la cosa siguiera poniéndose macabra, siempre podría regresarle sus órganos congelados a Childeberto y pedirle que no volviera más. Pero en cuanto bajó a hacer su rondín espiritual, a hablar con su rebaño y a recibir los gritos destemplados de algún majadero, pensó que echar a Childeberto de su templo constituiría un enorme fracaso, que su obligación era resistir con estoicismo ese periodo turbulento del que, una vez finalizado, saldría robustecido.

Después de saludar a la señora de los panes y los bizcochos, que le obsequió una baguette y un trozo de tarta de frutas, pasó por la pollería, donde, casualmente, estaba su prima, una mujer que en realidad no era de su familia, más bien había sido la querida de su padre cuando él y su hermano eran unos adolescentes y la llamaban así para cubrir las apariencias.

En cuanto salió la prima en la narración del santo, fui a hacerle una visita al burdel donde trabajaba. A ese mismo sitio donde ya lo había visto actuar y tratar de convencer a las señoras de que dejaran ese oficio, sin mucho éxito. La prima me contó, sin que yo tuviera que preguntarle casi nada, que había sido la amante del cura del barrio, una amante tolerada, e incluso alentada, por la mujer del cura, que era la madre del santo. Luego me explicó, sentada coquetamente en el sillón rojo que amueblaba el vestíbulo, que la esposa del cura estaba fatigada del trajín sexual al que la sometía su marido y que, al contrario de lo que podría pensarse, agradecía que el padre de sus hijos tuviera otra compañera con la que desfogarse. Al preguntarle su nombre para ponerlo en esta historia, me dijo que prefería aparecer con su *nom de guerre*. «Ponga usted Madame Erotikón», me dijo, y me extendió una tarjeta con su nombre, su teléfono y su e-mail. «Por lo que pueda ofrecerse», me dijo al despedirse, plantándome un sonoro beso en la mejilla.

Pero estábamos en que el santo entraba a la pollería y se encontraba ahí a su prima, a la mismísima Madame Erotikón.

–El jueves voy a tu templo –le dijo en cuanto lo vio entrar, mientras Chayito desmembraba un pollo con unas tijeras enormes.

–Me encantará recibirte, prima –le respondió el santo, y después, en lo que miraba con un asco galopante la deconstrucción del pollo, preguntó–: ¿Vendrás por algo en especial, necesitas de mi apoyo en algún tema específico?

Y justamente cuando terminaba de hacer esta pregunta, un hombre montado en su bicicleta, que pasaba frente a la pollería, gritó:

–¡Mariconazo!

–No les haga usted caso a esos majaderos, santo varón –reaccionó inmediatamente Chayito, sin interrumpir los tajos brutales que aplicaba en las articulaciones del pollo.

Madame Erotikón, después de hacer una mueca de fastidio por lo que acababan de gritarle al santo, dijo que simplemente le apetecía ir a su templo, que no tenía ninguna dolencia espiritual en particular.

Después recogió el pollo desmembrado que acababa de meter Chayito en una bolsa blanca de plástico, pagó y se fue, haciendo adiós coquetamente con todos los dedos de la mano izquierda.

–Llévese un poco de pollo –dijo Chayito dándole a él también una bolsa de plástico, movida evidentemente por la lástima.

Llegando a su casa, el santo se encontró a Julito en la puerta. Iba vestido con su uniforme de piloto y abrazaba su gorra bajo el sobaco con mucha marcialidad.

–Qué sorpresa, Julito. ¿Qué haces por aquí? –preguntó asombrado, pues era la última persona de la que esperaba una visita.

Aquella aventura en su casa con Jim Morrison de fondo, cuando era un adolescente rejego y politoxicómano, los había distanciado. Mayola y Jesús Andrés le reiteraban continuamente lo agradecido que estaba Julito con él, lo consciente que era de que el santo del barrio le había enderezado la vida, lo había puesto en la senda que lo convertiría, unos años más tarde, en un reluciente piloto de aviones chárter. Pero Julito nunca le había dicho nada, no había vuelto a hablar con él. Durante todos esos años de silencio le hubiera venido bien al santo un poco de retroalimentación, le hubiera gustado enterarse, de su propia voz, de cuáles habían sido los efectos reales de aquella intervención. Porque un santo es aquel que interviene en la vida del otro, aquel que con un solo toque, aparentemente inocuo, consigue que el otro cambie de ruta, y ese toque es generalmente una palabra. «Una palabra tuya bastará para sanar mi alma», le dicen a Dios los que creen en él, y al santo lo que le parecía importante de esta declaración no era Dios, sino la magia de la palabra. Durante años había deseado ese encuentro con Julito y, ahora que por fin sucedía, tenía la impresión de que el momento era malo. Los órganos que tenía en el congelador no dejaban de zumbar dentro de su cabeza, y la próxima reunión con sus pupilos, que ya de por sí lo tenía en estado de alarma, acababa de complicarse con el anuncio que le había hecho su prima en la pollería.

–¿Vengo en mal momento? –preguntó Julito, quizá prevenido por el gesto del santo, que debía de reflejar todo aquello que al verlo le había caído encima.

–Nunca es mal momento, hijo mío, pasa, por favor –dijo abriendo la puerta y sosteniéndola para que Julito entrara por delante.

–Mis padres me han contado que cada vez tiene más fieles –le dijo Julito amablemente, y después, como quien toma posesión de un territorio, plantó su gorra de capitán encima de la barra de aluminio de la cocina.

–Pues sí, la cosa podría ir peor, si quieres que te diga la verdad –le respondió el santo, y luego acotó–: Pero también es cierto que últimamente, no sé por qué, me han llegado nuevos pupilos. ¿Puedo ofrecerte algo de beber? Ya sabes que no tengo mucha variedad...

–Me bebería un poco de ese aguardiente que tiene usted ahí, para rememorar los viejos tiempos –dijo Julito con una sonrisa socarrona, señalando una botella de aguardiente africano que alguna vez había dejado ahí el Merecumbé, un pupilo problemático, muy amigo de su hermano y de otros jefes del Ayuntamiento, que visitaba el templo cada corpus y que finalmente se había regresado a su tierra, a Makamba, en Burundi, África.

–Pensé que ya no bebías alcohol –dijo el santo con preocupación–. Y más ahora que tripulas un avión con decenas de almas a bordo.

–No se preocupe usted, santo varón, aquellos son tiempos idos. Ese niño politoxicómano que usted sacó del agujero me parece hoy otra persona.

El santo sirvió aguardiente en un vaso y después preguntó:

–¿Y qué te trae por aquí? Supongo que algo muy gordo, porque nunca te habías dignado visitarme.

–Es verdad –dijo Julito saboreando su primer trago de aguardiente–. Usted se ha convertido en el emblema de mi pasado más tenebroso y, como supondrá, me ha llevado algunos años superar aquello.

–Lo entiendo perfectamente, hijo mío. ¿Y debo suponer que tu presencia aquí significa que tenemos aquello superado?

–Desde luego, santo varón. Aunque debo aclarar que me he acercado hasta aquí para agradecerle personalmente las molestias que se ha tomado por mi padrino, el señor Childeberto.

Y, dicho esto, Julito se bebió el aguardiente de dos tragos ansiosos.

–Pero no bebes antes de pilotear ese Boeing, ¿no?

–De ninguna manera, en eso soy tan santo como usted.

–¿Y qué me puedes contar del ojo que va a trasplantarse tu padrino?

–¿Lo tiene usted aquí, en el congelador?

–Ahí mismo, hijo mío, muy bien acompañado por un riñón que recibirá el señor Lamberto.

–Espero que eso no le cause mucho conflicto.

–Hasta ahora no, Julito, pero, como veo la cosa, seguro que Childeberto me llega algún día de estos con otro Tupperware.

–Tranquilícese, santo varón, que mi padrino es una persona intachable y, si le pide esos favores, será porque no tiene otro remedio.

–Así lo entiendo, pero también me preocupa que vaya a meterme en un lío, que termine yo en la cárcel y se me hunda el templo.

–Pero qué dice usted, si lo que hace Childeberto es resolverle un problema al gobierno, que no tiene dónde almacenar la cantidad de órganos que andan pululando por ahí.

–Pues ojalá tengas razón, hijo mío.

–Y a propósito, santo varón, mi padrino me encargó que le llevara el riñón que le dejó aquí.

–Cógelo tú mismo –dijo el santo, aliviado porque aquello lo liberaba del cincuenta por ciento de la responsabilidad.

–Ahora tengo que irme –anunció Julito–. Voy un poco justo de tiempo.

Le besó con devoción los nudillos de la mano izquierda, se acomodó la caja helada debajo del sobaco, se caló hasta las cejas la gorra de capitán y se fue.

El santo amaneció nervioso. Comenzaba a añorar las tranquilas disertaciones del pasado, aquellas reuniones apacibles con señoras del barrio y algún hombre de avanzada edad, donde podía desarrollar una idea, proponer un ejercicio espiritual o un nuevo ángulo para mirar la vida, sin ningún tipo de interferencia. En todos sus años de santo había cosechado algunos éxitos. Además del de Julito, había sacado a un muchacho de la cleptomanía, a una señora del alcoholismo y, con la complicidad de su hermano, había conseguido retirar de la vida alegre a la hija del líder de los carniceros de la zona, que andaba prodigándose con especial frenesí detrás de los puestos del mercado. Aquellos éxitos eran la garantía de que su templo servía para algo, eran el escudo contra la andanada de insultos que recibía cada vez que pisaba la calle, y de firme asidero a la hora en que su hermano, con su habitual crueldad, desestimaba su quehacer de santo.

Después de su rondín espiritual por el barrio, que aquella mañana incluyó uno de los piropos más afilados que le habían dedicado («Bonitas piernas, ¿a qué hora se abren?», le había dicho Celso, el de los embutidos), pasó el día yendo y viniendo del ordenador a la libreta de apuntes.

Ricardita y Alicia llegaron puntualmente, y un minuto después, para sorpresa de las dos, apareció Madame Erotikón, vestida como si fuera a recibir a un ministro, o a un marinero, que es lo que en efecto haría después de la disertación, cuando regresara al burdel.

–Soy Madame Erotikón –se presentó la prima, sin ningún recato, con su sonoro *nom de guerre*. No le importó que las vecinas la conocieran de toda la vida como Sinforosa.

–Yo soy Ricarda –dijo, siguiendo la farsa, la más espabilada de las dos.

Alicia, que era más reservada, optó por gestualizar y no decir nada, o por decirlo todo con un solo gesto.

Sin esperar a Childeberto, comenzó a hablar sobre los influjos de Júpiter. Se aproximaba el día en que aquel planeta pasaría muy cerca de la Tierra, y la propuesta era aprovechar su estela positiva; montarse en ella, de manera metafórica, para deshacer entuertos y nudos existenciales.

–Se trata de abrir mucho los brazos y la boca –decía el santo– para que el planeta nos insemine con su energía positiva.

Y justamente cuando las señoras estaban escenificando el ejercicio, entró Childeberto resoplando y haciendo unos ruidos que les hicieron perder la concentración, con todo y que el santo, previendo que aquello podía pasar, había dejado la puerta abierta para que entrara sin interrumpirlos. También había empezado la sesión sin esperarlo, con la ilusión de que no llegara.

–Pero ¡qué traes ahí, hijo de mi alma! –gritó el santo al ver que Childeberto tiraba trabajosamente de un enorme aparato que, luego de mucho pujar, resoplar y arrastrar con lujo de golpes y chirridos, dejó en la cocina.

–Un regalo para usted, santo varón –dijo muy serio y resoplando al lado del artefacto, mientras le pasaba una mano orgullosa por encima, como si en lugar de una máquina acabara de obsequiarle un caballo.

–No sé qué decirte, hijo mío, me has dejado sin palabras –dijo el santo calculando las posibilidades, todas muy turbulentas, que escondía ese regalo.

–Ahora no me diga nada y prosiga con su disertación, santísimo varón.

Como no lograba recuperarse de su desconcierto, Ricardita invitó a Childeberto a sentarse en un cojín, cosa que este hizo inmediatamente. Se acomodó frente al santo con su bufanda gorda, que, después del esfuerzo realizado, lo hacía sudar más que nunca, y se quedó mirándolo desde el fondo de sus gafas oscuras, y quién sabe si mirándose su propio interior con el ojo errabundo.

–Soy Madame Erotikón –dijo la prima para presentarse, y también para llenar el espeso silencio que seguía provocando el desconcierto del santo.

Childeberto, que no había reparado mucho en ella, la miró con una ardiente curiosidad antes de decir, al tiempo que revisaba a las tres damas con lujuria:

–Vaya, vaya, el templo empieza a llenarse de tentaciones.

Y luego tiró una carcajada, hacia arriba, como si fuera un lobo aullando, un lobo que anunciara a los cuatro vientos que iba a comerse a todas las ovejas que poblaban el paisaje.

–Volvamos a nuestro ejercicio, hermanos –dijo el santo agitando con energía las anchas mangas de su túnica.

Es verdad que a Childeberto comenzaba a tenerle manía, pero, manías aparte, verlo ahí a las risotadas con la boca bien abierta era, con toda objetividad, un escándalo, un atropello. Childeberto era una mole con tal poder de absorción que en cuestión de segundos se había chupado toda la espiritualidad del templo. Vistas bajo el halo de su luz perniciosa, las tres mujeres parecían dirigirse hacia una colisión múltiple.

Al final de la sesión las tres damas se arremolinaron alrededor de Childeberto. Se había quedado atascado en una de las posiciones de yoga, y no podía ponerse de pie.

–Necesito un poco de ayuda, hermanas –dijo, y Madame Erotikón, que tenía más o menos sus mismas dimensiones, lo sujetó de las manos y tiró con fuerza para despegarlo del cojín amarillo.

–Me ha salvado usted la vida, señora Erotikón –dijo Childeberto y, después de sacudirse enérgicamente el traje, como si en lugar de atascarse le hubiera caído encima una polvareda, le dijo al santo–: ¿Le ayudo a instalar el congelador, santo varón?

–Gracias por venir, hijas mías. No olviden practicar los ejercicios –dijo el santo abriendo la puerta para que se fueran rápidamente, pues le urgía desactivar el lío del congelador.

–Un besito –dijo Madame Erotikón antes de retirarse, acercándole la mejilla a Childeberto con un descarado mariposeo.

–Menuda hembra –apuntó Childeberto observando a la prima, que caminaba hacia la puerta con un brioso bamboleo.

–Por norma, hijo mío –lo reprendió inmediatamente el santo–, en este templo procuramos no tener contactos físicos.

–¿Y si la hembra se arroja a los brazos de uno, como ha sido el caso?

–Ya hablaré yo con ella. Es mi prima, ¿sabes?, y me gustaría que respetaras a mi familia, si no ¿qué cuentas le presento yo a mi tío?

Mintió el santo mientras Childeberto lo miraba desafiante, o eso parecía detrás de sus gafas oscuras. O quizá solo esperaba a que le dijera en qué sitio le parecía bien que instalara el congelador.

Detrás de él había una mancha de humedad que ocupaba buena parte de la pared y que, desde el ángulo en que el santo lo veía, le dibujaba una especie de penacho alrededor de la cabeza.

–Como puedes ver, hijo mío, tengo la cocina perfectamente equipada....

–No me diga eso, santo varón –lo interrumpió Childeberto haciendo un puchero que le hizo temer que iba a echarse a llorar–. Se lo he traído con mucha ilusión, porque veo que tiene usted muy poco espacio. ¿Y si quiere congelar una arrachera, o un salmón?

–Esos son alimentos que están fuera de mi presupuesto...

–Si no me lo acepta –insistió Childeberto al borde de la desesperación–, tendré que tirarlo a la basura, porque ya me dirá usted para qué me sirve un congelador en el camión.

–Yo no soy quién para decirte nada, pero ¿no tienes un *pied-à-terre* donde puedas enchufar este aparato?

–No, pensé que le había dicho que vivo en el camión.

–¿Permanentemente?

–Sí.

–¿Y tus cosas? ¿Y tu ropa?... ¿Dónde guardas tu ropa?

–Todo lo que poseo está a bordo del camión, esa es mi casa, hace años que duermo ahí, sentado frente al volante, cosa que me viene bien porque estoy mal del esófago y cuando me echo a dormir en una cama comienzo a experimentar un proceso de asfixia.

–Qué barbaridad, hijo mío, llevas una vida de nómada salvaje. ¿Y la ducha?

–Verá usted, santo varón, yo entro en contacto con el agua cada vez que alguna dama... usted sabe, me invita a tener, digamos, un encuentro íntimo; ahí aprovecho para ducharme...

La historia de Childeberto le partió al santo el corazón. El penacho que le pintaba la humedad alrededor de la cabeza le pareció entonces un aura, y su papada, y su bufanda gorda que lo hacía sudar como un animal, incluso sus siniestras gafas oscuras le provocaron, en ese momento, una ternura infinita. Si el santo tuviera que elegir el momento en que su vida comenzó a resquebrajarse, elegiría ese, el instante en que debería haber ignorado el aura húmeda que coronaba la cabeza de Childeberto y decirle que no, que se llevara el congelador, y de paso sus órganos empaquetados, y que no volviera a su templo nunca más.

Pero no lo hizo. O quizá no lo quiso hacer porque, ya desde entonces, sin darse muy bien cuenta, la ruta que tenía determinada lo arrastraba con fuerza, y él sentía que nadaba libremente y no que el anzuelo que tenía clavado en el corazón iba tirando irremediablemente de él.

–Mira cómo estás sudando, hijo mío, ¿no quieres quitarte la bufanda? –le dijo el santo a Childeberto.

–Qué más quisiera yo, santo varón, pero es que tengo una traqueotomía expuesta, por lo mismo del esófago, y si me entra cualquier polvillo o basurita la palmo en cuestión de segundos.

–¿Y cómo se te ha ocurrido cargar el congelador, con todos esos achaques que tienes?

–Bueno, sigo siendo un hombre fuerte y, mientras no me recueste o me quite la bufanda, puedo llevar una vida normal. Y, si hace falta, vuelvo a llevarme el congelador al camión.

–De ninguna manera, hijo mío, el aparato se queda aquí, vamos a colocarlo junto a la alacena.

–¿Qué tal funciona su congelador nuevo? –le preguntó Ricardita, interrumpiendo lo que iba pensando camino del mercado.

–Supongo que bien –le respondió el santo, un poco contrariado por la interrupción–. La verdad es que todavía no he puesto nada a congelar.

Algo más iba a decirle Ricardita cuando un muchacho pasó corriendo a una velocidad supersónica, y unos metros más adelante se estrelló contra una señora de avanzada edad que cargaba dos bolsas del supermercado. El muchacho cayó al suelo con la viejecita, e inmediatamente después se levantó y siguió su carrera, dejando a la señora tirada bocabajo, con toda su compra desparramada por la calle y emitiendo un lamento largo y quebrado.

–¡Animal! –gritó el santo al muchacho, e inmediatamente se arrepintió porque el grito era incompatible con su túnica, sus sandalias y su aura de santo.

–No me esperaba eso de usted, santo varón –dijo asombrada, y con toda razón, Ricardita, en lo que ayudaban los dos a la vieja a ponerse en pie.

Mientras recogían las compras que habían quedado esparcidas por el suelo, y el bolso y las gafas y un prendedor que había salido volando, la vieja le dijo al santo al oído, con una voz muy dulce:

–Prefiero que no me ayudes, por algo será que te gritan esas cosas tan horribles.

Aquello dejó al santo aturdido. Le dio a Ricardita la bolsa donde acababa de recoger afanosamente media docena de productos, y se fue andando calle arriba. Era un día en que lo sensato hubiera sido replegarse, regresar al templo, quedarse a resguardo hasta que pasara el nubarrón. Sin embargo, se puso a andar sin rumbo por el barrio; necesitaba digerir aquella frase simple que había puesto a temblar toda su estructura vital. Si todos empezaban a desconfiar de él, iba a quedarse sin oficio, y aquello parecía una tragedia mayor en un hombre cincuentón, que no sabía hacer otra cosa que predicar y ayudar a la gente.

Sintió vértigo y un vientecillo en la nuca que, como un dedo insistente y malévolo, lo empujaba hacia el abismo. «¿Qué hago yo, en pleno siglo XXI, en una capital de Occidente, vestido de túnica y sandalias por la calle?», se preguntó en cuanto se vio reflejado, greñudo y abatido, en la vidriera enorme de una concesionaria de automóviles Renault. Ahí estaba él, un santón marchito, reflejado en ese vidrio mientras por detrás, en el mismo reflejo, pasaba bullendo la vida, los automóviles, los ríos murmurantes de gente, señoras empujando un carrito de bebé, piñas de adolescentes, bicicletas, todas las manifestaciones de la alegría urbana bullían detrás de él, en esa composición que reflejaba la vidriera.

Al ver esa imagen decadente de sí mismo, le cayó encima la sentencia que su hermano, en otro de sus momentos de extrema crueldad, le había dicho: «A ver si no vas a acabar como nuestro primo mexicano». Se refería a un primo de ellos, que había sido un exitoso diplomático en Dublín y un día, por motivos que no habían quedado nunca claros, desapareció, y reapareció tiempo después en un barrio proletario de París, greñudo y desastrado, gritando versos enloquecidos y amenazando a los vecinos con un ridículo bastón.

–¡Váyase inmediatamente o llamo a la policía, que me está espantando a la clientela! –salió a gritarle y a manotear el vendedor de la Renault, y siguió manoteando hasta que el santo desapareció al doblar la esquina.

Todo indicaba que había que meterse en la cama y no salir hasta el día siguiente, y no obstante siguió andando, siguió rumiando su desazón, batallando contra la imagen de su primo mexicano hecho un orate en un mercado de París. Así llegó a las puertas de la casa de putas, llegó hasta ahí llamado por la complicidad que tenía con su prima. O eso creía él porque, analizando su historia, el santo siempre se había movido detrás de las cosas que lo *llamaban*: más que *ir*, *acudía*; iba siempre al compás del otro, o en contra de alguien. Anoté en mi libreta: «El santo rara vez ha seguido su propio rumbo».

Y más abajo anoté: «¿Su decisión de ser santo es, de verdad, suya? Quien, orillado por su circunstancia, se convierte en santo, ¿es, de verdad, santo?».

Y por último anoté: «No podemos juzgar al santo con tanta dureza. Nadie, en realidad, sigue su propio rumbo. Todo nos ha sido inspirado, sugerido, cuando no heredado, o directamente dado. Lo que hay es esto. Nada y esto. Absolutamente nada y esto».

–Y qué lo trae por aquí, varoncito –le dijo al santo Escolapio, el conserje del burdel, con una media sonrisa que anticipaba las carcajadas que iba a soltar unos minutos más tarde cuando, como pasaba siempre, el gallinero empezara a mofarse de él.

–¡Santo, ¿a qué debemos este honor?! –gritó divertida Garamoña, la meretriz más añosa del burdel, pero inmediatamente después, al mirarlo con más detenimiento, preguntó con amabilidad–: ¿Te encuentras bien?

–La verdad es que no, hija mía, llevo una mañana de esas en que ves tu vida desmoronarse.

–Pero si eres un santo, ¿cómo puede pasarte esto?

–Pues ya ves.

–¿Quieres un tequila?

–Son las diez y veinticinco de la mañana.

–¿Un té?

–Mejor una infusión, si tienes, no quiero molestar. ¿Está mi prima?

–Está con un cliente, pero debe de estar acabando ya.

El santo se sentó a esperar. Mientras removía la infusión de camomila que le había dado Garamoña, en una taza con el borde manchado de carmín, llegó un hombre de traje a preguntar por Anaís Negra, esa chica a la que el santo había tratado de reconvertir y cuyo verdadero nombre era Lidia López.

El hombre se sentó en el sillón que quedaba libre y se puso a leer un periódico deportivo de los que había en la mesilla. Su lectura no parecía muy atenta, pues cada vez que el santo volteaba a verlo se topaba con sus ojos, que lo miraban con insistencia. Para cubrirse de las miradas cada vez más insistentes de ese hombre, extendió frente a sus ojos una revista de bienes raíces que anunciaba la venta de casas en el campo.

–Perdone la pregunta, pero ¿trabaja usted aquí? –le dijo al cabo de un rato el hombre sin bajar del todo, para no quedar totalmente desprotegido, el periódico deportivo que estaba leyendo.

–No, hijo mío. Soy predicador y vengo aquí a salvar unas cuantas almas –respondió el santo bien pertrechado detrás de su revista de bienes raíces.

–Ya veo –dijo el hombre sin mucha convicción, incluso ligeramente decepcionado.

«¿Cómo puede salvar almas un alma enferma?», se preguntó el santo ahí mismo, y luego notó, mirando con disimulo, que el hombre que acababa de interpelarlo no llevaba calcetines. La ausencia de esas prendas, imprescindibles para el atuendo que vestía el hombre, asociada con el lugar en el que se encontraba, le puso al santo a girar la cabeza por unos lupanares eróticos que más le valía no frecuentar. Tuvo que levantarse de golpe y, ante el desconcierto de Escolapio y Garamoña, salir de la casita para que le diera el aire en la cara.

Cuando regresó, el hombre sin calcetines ya había sido recibido por Anaís Negra. No quedaba de él más que el diario deportivo en la mesita, y la envoltura azul de uno de los dulces de menta que Garamoña ofrecía a los clientes, para que encararan a sus anfitrionas con el aliento fresco.

–¿Tardará mucho? –preguntó el santo a Garamoña.

–No sé qué decirte, está con un cliente que la visita todos los días, a veces mañana y tarde.

–No me cuentes a mí esas cosas, hija mía.

–Pues no sé cómo llevabas esto con el tío que tenías –dijo Garamoña refiriéndose a su padre mientras mordisqueaba, con un ánimo que podía pasar por lúbrico, la goma de un lápiz.

El ruido de una puerta que se abría en el interior la hizo sacarse la goma de la boca para anunciar:

–Ahí viene.

El santo se puso inmediatamente de pie y se alisó con las manos los faldones de la túnica. Su prima no soportaba verlo instalado en la salita, conversando con Garamoña. Decía que en lugar de santo parecía una pindonga. Para no contrariarla, y menos en ese momento en que le urgía un poco de consuelo familiar, la esperó de pie, como si acabara de llegar a buscarla y ella, de casualidad, hubiera salido en ese momento. Una explosión de risotadas, de su prima y de ese toro que tanto la visitaba, fue el preámbulo de su aparición en la salita. Una violentísima aparición que lo hizo pisarse la túnica por detrás y caer escorado sobre el sillón que acababa de abandonar.

–¡Childeberto! –gritó el santo con desesperación, mientras trataba de desenredarse la túnica, que lo había inmovilizado de la cintura para abajo.

–¡Pero ¿qué hace usted aquí, adorado varón?! –dijo Childeberto, tan sorprendido como él, pero con otro cariz, con un ánimo abiertamente festivo.

Parecía que le daba mucho gusto encontrarse con él, aunque fuera en ese sitio impropio para un santo.

–¡Pensé que había quedado claro el tema de los contactos físicos entre mis fieles! –gritó el santo fuera de sí, con una furia de la que más tarde iba a arrepentirse.

–¡Tranquilízate, Empédocles! –gritó la prima, que conocía a la perfección las iras que a veces lo acometían, y los alcances que estas, en un momento de algidez, cuando empezaba a verlo todo rojo, podían tener.

–¿Empédocles? –murmuró, aturdido, Childeberto.

–¡Eres mi prima, y eres hija de mi templo, y no voy a permitir que te amancebes con este toro, que es también mi hijo!

–gritó el santo, señalando con el dedo al cada vez más asombrado Childeberto. Y lo hizo todavía caído en el sillón, con medio cuerpo aún enredado en los faldones de su túnica.

–Soy tu prima por vía venérea, no lo olvides. Y además yo me acuesto con quien me pague la tarifa.

–Yo paso a retirarme –dijo Childeberto con la voz impostada y muy sonriente, como si aquella trapatiesta le pareciera muy jocosa. Se ajustó la bufanda y, mirando sin mirar desde atrás de sus gafas oscuras, se despidió–: Nos vemos muy pronto, santo varón.

E inmediatamente después, mirándola con mucha lujuria sin mirar, le dijo a Madame Erotikón:

–Y a ti te veo en la tarde, palomita.

Y al decir esto soltó una carcajada que le arrancó al santo un escalofrío, y luego se siguió carcajeando al salir del burdel y mucho más allá, hasta que solo se fue desintegrando su graznido.

El santo llegó a su siguiente disertación con un desasosiego que le obstruía la garganta. En cuanto Ricardita y Alicia tocaron a la puerta, tuvo el impulso de largarse del templo. Sentía que algo muy grave estaba a punto de pasarle. Tenía la certeza de que el nuevo congelador era el fundamento de un desastre.

–¿Cómo está usted, santo varón?, ¿sigue usted deprimido? –preguntó Ricardita refiriéndose a la escena con la vieja, y a su mensaje doloso que había vivido codo a codo con él.

–Muy bien, hija mía –dijo el santo mientras calculaba si era conveniente añadir algo que la tranquilizara.

Pero inmediatamente concluyó que lo mejor era sepultar el episodio. Así que siguió colocando los cojines en silencio para que las señoras se fueran sentando.

Se disponía a empezar la disertación, tenía los brazos abiertos en cruz y cogía aire y fuerzas para soltar una enérgica reflexión contra el prejuicio y la opinión arbitraria, que haría ver a Ricardita que la experiencia con la vieja no había sido del todo negativa, cuando, como ya empezaba a ser costumbre, irrumpió en el templo Childeberto. Pero en esta ocasión lo hizo del brazo de Madame Erotikón. La imagen de los dos, luego de la escena que habían montado los tres en el burdel, le sorprendió menos de lo que esperaba.

–Hijo mío, que sea la última vez que llegas tarde –dijo el santo con severidad, volteando apenas la cabeza, para no perjudicar la cruz que hacía con los brazos abiertos.

–Perdone usted, santo varón –se disculpó Childeberto sin soltar a la prima, y con una sonrisa que apenas alcanzaba a sobresalir entre el moño de la bufanda y las gafas oscuras, le enseñó dos de esas cajas de plástico que tanto empezaba a temer, y le dijo–: ¿Puedo guardar esto en su congelador nuevo? Es un guisado que me preparó mi madrina.

El santo sabía perfectamente lo que era en realidad ese guisado. Tres órganos humanos congelados en una casa, por más que Childeberto y Julito dijeran lo contrario, bastaban para granjearle al propietario una buena temporada en la cárcel. Concentrarse, con aquella inquietud en la cabeza, era imposible, y además Madame Erotikón y Childeberto se pasaron toda la sesión cogidos de la mano y riéndose por lo bajo de cosas que los demás ignoraban.

–¿Por qué no nos cuentan a todos el chiste? –dijo en un par de ocasiones, y en las dos le respondieron, tratando de contener la risa, que se trataba de bromas privadas que para los demás no tendrían ningún sentido.

Llegó al final de la disertación atribulado y furibundo, y en cuanto Ricardita y Alicia, un poco desconcertadas por el romance de su amigo, se fueron, el santo le rogó a su prima que lo dejara a solas con Childeberto.

Madame Erotikón se retiró de mala gana, advirtiéndole a su novio que no lo esperaría más de cinco minutos.

–No te preocupes, palomita mía, no tardaré –le respondió Childeberto mientras miraba con voracidad, detrás de sus gafas oscuras, el contoneo sísmico con que la señorita Erotikón se alejaba rumbo a la puerta.

–Menuda prima tiene usted –le dijo Childeberto con una sonrisa torva, el labio de abajo temblón y las comisuras de la boca llenas de saliva.

El santo cortó de tajo esa deriva.

–Y ese guiso que has puesto en el congelador no serán más órganos humanos, ¿no?

–Verá usted, santo varón, sí lo son; pero he dicho lo del guiso porque no sé cómo se lo tomarían Ricardita y Alicia, y su prima, que, por supuesto, tampoco sabe nada. Esto es un asunto entre usted y yo.

–Entre tú y yo y Jesús Andrés, el pescadero, y Mayola, su mujer, y su hijo Julito, querrás decir.

–No se ponga usted así; si no quiere ayudarme, me llevo los Tupperware y santas pascuas.

Childeberto pensaba que ya le había tomado la medida, creía que el santo era un hombre débil y que, una vez que le había aceptado el nuevo congelador, le aceptaría todo lo que le fuera llevando. Pero se equivocaba, porque, cuando menos en esa etapa de la relación, el santo le hacía esos favores desde la fortaleza que le insuflaba su vocación. Tenía que sobreponerse al deseo de gritarle, de echarle a la calle con todo y sus órganos congelados, de dejarse arrastrar por la ira hasta el punto en que lo viera todo rojo.

–¿Y qué es eso que me has dejado en el congelador?

–Otro riñón y un pie.

–¿Un pie?

–Un pie.

–Y supongo que estarán aquí hasta que sus destinatarios consigan lugar en el quirófano, ¿no?

–Solo si usted tuviera la bondad de guardármelos –dijo Childeberto con una cara que, a pesar de las gafas oscuras que lo cubrían casi todo, rezumaba bondad, piedad y solidaridad con sus amigos que esperaban un trasplante.

–Vete tranquilo, hijo mío, que aquí esos órganos están a salvo –le dijo el santo desde su más trabajada fortaleza, convencido de que aquel era uno de los peajes de la santidad.

Tenía la obligación moral de socorrer a sus pupilos, aun cuando estos lo acercaran a los linderos del crimen.

Pasó el resto de la tarde tomando notas y practicando una nueva serie de ejercicios de yoga. Sobre las diez abrió un yogur, sentado frente al televisor, con la idea de ver el programa del concurso de baile, mientras formulaba preguntas que le ayudaran a clarificar la situación. «¿Para qué puede querer Childeberto un pie?» «¿Un pie puede trasplantarse?» «¿Cuánto tiempo puede permanecer congelado un riñón sin echarse a perder?»

El timbre de la puerta lo hizo brincar del sillón. A esas horas solo podía tratarse de su hermano. Pero su hermano rara vez se presentaba sin haberle avisado primero, a menos, pensó, que se tratara de una emergencia. Pero ¿qué clase de emergencia podría tener su hermano para recurrir a él antes que al ejército que lo asistía en la alcaldía?

Ya sabía que no podía ser su hermano en cuanto descolgó el interfón. Pero nunca imaginó que fuera, a esas horas, el oscuro Childeberto.

–¿Qué haces aquí, hijo mío? ¿No quieres que hablemos mejor mañana? –dijo por el interfón, con el propósito de hacerlo reflexionar sobre su impertinencia.

Pero fue inútil, Childeberto empezó a soltar un argumento tras otro y él acabó invitándolo a subir. De pronto le pareció que recibirlo era menos tortuoso que contraargumentar a gritos por el interfón.

Abrió la puerta rumiando, otra vez, las obligaciones de un líder espiritual, que pierde sentido si no está disponible cada vez que sus discípulos lo necesitan. Childeberto llegó a la puerta sudoroso y jadeando como un perro.

–¿Por qué no utilizas el ascensor?

–Porque soy claustrofóbico –empezó a decirle con la voz entrecortada por el esfuerzo que acababa de realizar–. Y al subirme a un ascensor me asusto tanto que comienzo a asfixiarme, y ese proceso, complicado con mi traqueotomía, y las anomalías que tengo en el esófago, genera una hiperventilación que puede dejarme tieso.

–Qué barbaridad, hijo mío. Y los esfuerzos a los que te somete mi prima, ¿no te hacen también hiperventilar? –preguntó el santo con bastante mala intención.

No pudo contenerse, estaba molesto porque aquel gordo lo había sacado de su sillón y de su yogur frente al televisor.

–El amor es el amor, santo varón, y si hay que morirse de algún modo, yo prefiero que sea entre los muslos de una caballota.

–¿Caballota? Espero que no te estés refiriendo a mi prima.

–Desde luego que no, estimado Empédocles, hablaba yo en sentido estrictamente figurado.

–Preferiría que eso de Empédocles quedara entre mi prima y yo. Tú llámame como lo has hecho siempre.

La puntualización sobre el nombre dejó a Childeberto un poco extrañado. La cercanía con su prima, y la obligada complicidad que generaban los órganos congelados, lo habían situado en una posición que, mirada desde cierto ángulo, podían hacerlo sentir como parte de la familia del santo.

–Pero pasa, hijo mío, no te quedes ahí como si fueras un repartidor de butano.

Childeberto pasó y caminó directamente hacia la cocina. Sacó una botella del bolsillo interior de su americana y la puso ruidosamente encima de la barra. Era una botella de aguardiente africano, de las que exportaba desde Makamba el Merecumbé, y que se vendían en algunos puestos del mercado.

–Esto es para reponer lo que se bebió mi ahijado Julito el otro día.

–Gracias, pero no hacía falta. No bebo alcohol. Lo único que quiero es mantenerme al margen de la cárcel, por lo de los órganos, ¿sabes?

–Aquí nadie va a ir a la cárcel –dijo Childeberto mientras cogía un vaso para estrenar él mismo el aguardiente–. ¿No ve que se trata de un asunto de caridad nacional? ¿Qué pasaría con esos órganos, que, dicho sea de paso, cuesta mucho conseguir, si no fuera por usted?

–Así como lo dices, parece que el único congelador de la ciudad fuera el mío.

–No se imagina usted cuántos congeladores hay por ahí como el suyo –dijo con mucho entusiasmo Childeberto, trazando un arco con el vaso que traía en la mano. Un amplio arco a partir del cual podía inferirse que cada casa tenía un par de órganos en el congelador.

–Usted no bebe, ¿no? –dijo Childeberto, en lo que servía un vaso generoso de aguardiente.

–Y ¿qué te trae por aquí, hijo mío? Porque no habrás venido exclusivamente a beber aguardiente en mi cocina.

–Desde luego que no –respondió, y bebió un trago largo y tumultuoso antes de continuar–: He venido porque a mi amigo Macadamio le han dado cita para el trasplante.

–¿Y vas a llevarte un órgano?

–Así es, santo varón, ese órgano tiene que llegar esta noche al hospital. Mi amigo Macadamio ya está ahí, en capilla.

Había algo descaradamente falso en la actitud de Childeberto. Que fueran a trasplantarle a alguien un riñón que provenía de su congelador le pareció, de pronto, absurdo. Y además que un personaje tan siniestro como Childeberto fuera el encargado de guardar y distribuir los órganos le pareció, súbitamente, ridículo.

La recomendación de Jesús Andrés y de Julito no le habían permitido, hasta entonces, desconfiar como el caso lo requería. Además, su condición de santo hacía que se inclinara a creer, a confiar en sus pupilos. Creía con firmeza en que el bien genera el bien, y en que la verdad conduce siempre a la verdad. Su conducta y sus relaciones estaban basadas en esa matemática incompleta, que no tomaba en cuenta los números negativos y que muy pronto iba a explotarle entre las manos. Con menos ingenuidad, el santo hubiera alcanzado a vislumbrar que el bien y el mal no son valores absolutos, sino que están permanentemente supeditados al caos y a la entropía: que el mal es aparente, y el bien una ilusión.

–Me parece que aquí hay algo muy turbio, hijo mío –dijo el santo.

Childeberto dejó su vaso en la barra y se le quedó mirando, con sus ojos invisibles detrás de las gafas oscuras, con una cara donde se adivinaba la consternación.

–¿Cómo puede usted pensar eso?

–¿Y qué quieres que piense, Childeberto? Si estuvieras en mi lugar, ¿no pensarías lo mismo?

–¿Y para qué podría yo querer estos órganos, si no fuera para que los aprovecharan mis amigos?

–Eso lo sabrás tú, hijo mío. Pero a mí tienes que demostrarme que esos órganos son para lo que dices que son.

–¿Y cómo quiere que le demuestre eso? ¿Quiere venir conmigo a llevarle el riñón a Macadamio?

–¿A estas horas? Si yo ya debería estar en la cama.

–¿Entonces? –preguntó Childeberto en lo que añadía más aguardiente al aguardiente que todavía tenía.

–Por ejemplo –arriesgó el santo–, a lo mejor eso que nos has contado sobre tu ojo errabundo es un cuento.

Childeberto se empinó violentamente lo que quedaba en el vaso y luego se sostuvo la cabeza dramáticamente con las manos, en una actitud dolorida y pesarosa. Después de un silencio prolongado, que el santo aprovechó para limpiar, con un trapo humedecido en el lavadero, una mancha seca de leche que había sobre la barra, Childeberto dijo, con la voz entrecortada por la tristeza, o quizá por el golpe del aguardiente en el hígado, que le había desatado una racha de eructos hepáticos que interferían con su voz:

–¿Cómo puede usted, santo varón, dudar de mi oneroso defecto físico?

Y luego soltó un profundo sollozo, o un ingente eructo proveniente de su catacumba orgánica.

–No es que dude, Childeberto –comenzó a decir el santo mientras pasaba el trapo húmedo por toda la barra–. Pero has de reconocer que para guardarle a una persona órganos humanos en el congelador tienes que tenerle mucha confianza, y yo a ti no te he visto ni los ojos.

Al oír esto, Childeberto se derrumbó sobre la barra, recargó la cabeza contra el acero inoxidable, como si fuera a quedarse dormido, o desmayado.

–¿Te encuentras bien?

–Me encuentro triste –respondió Childeberto con la voz metalizada, pues tenía la boca apretujada contra la barra.

El santo consideró que consolar a Childeberto era lo último que le faltaba. Pero no le quedó más remedio que dejar el trapo, respirar profundamente y ponerle una mano cariñosa en la cabeza, encima de su pelo ralo y graso.

–Tiene usted razón, santo varón, para poder confiar en un hombre es necesario mirarlo a los ojos.

Y, dicho esto, Childeberto levantó la cabeza y puso su cara muy cerca de la del santo. Se quitó las gafas oscuras y lo miró con sus dos ojos, que eran verdes, quizá algo miopes, pero perfectamente alineados y en su sitio.

–¡Ya lo sospechaba yo! –gritó casi contento el santo–. Lo de tu ojo vagabundo es un cuento, y seguramente lo de los trasplantes será una chapuza.

–¿Un cuento? –protestó Childeberto–. Verá como de un momento a otro se me escapa.

La situación era ridícula. Ahí estaban los dos mirándose muy de cerca, frente a frente, esperando a que se le fuera el ojo y, mientras tanto, a causa de su vertiginosa cercanía, al santo lo iba invadiendo la espesura del aliento de su pupilo. Un vaho picante y aceitoso que le reventaba debajo de la nariz, como el mar contra una escollera.

–No deje de mirarme, santo varón.

El santo estaba a punto de flaquear cuando, de improviso, uno de los ojos de Childeberto comenzó a temblar, a moverse de un lado a otro y simultáneamente de arriba abajo hasta que, inopinadamente, se despeñó y dejó, en su lugar, un espacio angustiosamente blanco.

–¡Tu ojo! –gritó el santo, alarmado.

–Ahora, si no le importa, voy a ponerme las gafas –dijo Childeberto con mucha seriedad–. De otra forma me entrará demasiada luz por el ojo vacío y me dará migraña.

–Haz lo que tengas que hacer, hijo mío –dijo el santo, confundido y muy arrepentido, mientras trataba de imaginar qué profundidades andaría sondeando aquel ojo. Alrededor de qué sistema estaría trazando su caprichosa órbita. Qué tundras y qué musgosidades iría sobrevolando. Si es que no se había posado ya cómodamente en la cabeza de algún órgano.

–Debo irme, mi amigo espera impaciente su nuevo riñón –dijo Childeberto con las gafas puestas, tocándose nerviosamente el nudo enorme de la bufanda y, como si estuviera en su propia casa, se acercó al congelador que él mismo había comprado y sacó lo que necesitaba.

El santo lo veía hacer, no tenía valor para decirle nada. Estaba arrepentido de haber dudado de su ojo vagabundo y de haberlo orillado a hacer esa demostración que, por campechano que fuera Childeberto, no debía de haber sido fácil.

–Me voy –anunció, señalando la caja que se había acomodado, como un libro, debajo del sobaco.

–¿Y el ojo? –preguntó el santo.

–El ojo es en realidad otro riñón –confesó Childeberto.

–O sea que me has engañado –protestó, molesto solo a medias, porque ya había pensado que aquel trozo oscuro difícilmente podía ser un ojo.

–Nada más en lo que se refiere al contenido del Tupperware, santo varón –se defendió Childeberto–. Lo demás es verdad, tengo el ojo averiado, como usted acaba de comprobar, y no me vendría mal un trasplante.

–¿Y el pie? –preguntó aprovechando que era el momento de las confesiones.

–Dicen que era de un futbolista argentino que murió trágicamente de la cintura para arriba, dejando la parte inferior en perfectas condiciones –respondió Childeberto, y al ver que la despedida comenzaba a alargarse se sirvió, sin quitarse el Tupperware del sobaco, un último trago de aguardiente africano.

–¿Y un pie puede trasplantarse? –preguntó el santo, pero Childeberto interrumpió el momento confesional para decir:

–¡Mire, mire...! –gritó quitándose deprisa las gafas y acercándosele mucho a la cara. Luego de unos segundos en los que el santo se dejó bañar por otra oleada del espeso vaho de su interlocutor, poco a poco el ojo comenzó a asomarse por el angustioso horizonte blanco: primero el copete y luego el resto de su redondez, hasta que, unos segundos más tarde, quedó instalado como un sol en la mitad del cielo.

–Ha vuelto –dijo Childeberto mirándolo fijamente, con el ojo recién amanecido.

Luego volvió a ponerse las gafas, bebió de un trago el aguardiente que acababa de servirse y se despidió, besándole los nudillos con fruición.

En cuanto se fue Childeberto, con el riñón prensado entre las costillas y el sobaco, sacó del congelador la caja del pie y la puso encima de la barra. Se le había pasado la hora del sueño y se sentía un poco mareado, como si él se hubiera bebido los aguardientes con que se había obsequiado Childeberto. Sin pensárselo mucho comenzó a forcejear con la tapa, que estaba fuertemente adherida a la caja por el efecto del hielo. En cuanto cedió, quedó ante un pie amputado que descansaba sobre una cama de escarcha. El pie tenía, sobre el muñón donde antes habían coincidido la tibia y el peroné con los huesos del maléolo, un brillante pompón helado.

Lo primero que observó fue que el pie era negro, no moreno ni de ese púrpura subido que produce la cadaverina. Se trataba claramente de un pie que había pertenecido a una persona de color negro. La imagen de un futbolista argentino negro le pareció, de entrada, estrambótica. Pero más allá de eso notó que el pie era demasiado pequeño y, sobre todo, muy finito para un futbolista, cuyos pies tendrían que ser anchos y toscos, maltrechos y marcados por el rastro del trutrú de los hilos quirúrgicos. En cambio, ese pie que comparecía ante él, con su desconcertante pompón helado, ni era tosco ni tenía cicatrices.

Era improbable que viniera del cuerpo de un futbolista argentino, pero tampoco parecía que pudiera haber pertenecido, por ejemplo, a un pigmeo que corriera descalzo por las llanuras africanas. Era una pieza que habría sido parte de alguien que desde luego no jugaba futbol, y que habría usado zapatos suaves durante toda la vida en común con su pie. Animado por la falsa ebriedad que le producía el desvelo, empezó a hurgar con el mango de un tenedor entre la escarcha, y descubrió que en ese pie no había ni callos, ni juanetes, ni ninguna clase de duricie. A medida que iba metiendo el mango aquí y allá, primero por el contorno en general y después entre los dedos, iba llegando a la conclusión de que aquello no podía haber pertenecido a un futbolista argentino, sino a una mujer negra de la alta burguesía de Chicago. Cuando estaba concluyendo aquello, notó un hormigueo que descendía como una tupida lluvia por su bajo vientre y que rápidamente se transfiguró en un franco, e inconfundible, bochorno erótico. Cerró la tapa de golpe y regresó la caja al congelador. Se fue a la cama tenso y afiebrado, tratando de entender lo que acababa de pasarle.

Esa noche soñó con una princesa africana, vestida de falda dorada y un peto de piel de leopardo, que corría a lo largo de una enorme llanura. La veía por detrás, la veía corriendo en dirección al poniente, rumbo a un sol chato y anaranjado que se iba colando por el horizonte. La princesa murmuraba una canción mientras corría. Un par de estrofas que repetía y repetía y de donde, al parecer, sacaba la fuerza para correr hacia el sol. Un par de estrofas con muchas *as*, muchas *kas* y muchas *tes*. Dos estrofas ininteligibles a las que se agarró para cruzar la noche y llegar a la otra orilla.

Al día siguiente, todavía ofuscado por su experiencia con el pie, salió a hacer su rondín espiritual. No había logrado todavía poner las sandalias en la calle cuando un viejo, que venía pasando frente al portón del edificio, levantó amenazante su bastón y, sin venir a cuento, le gritó:

–¡Atrás, pindonga!

–Nos levantamos con el pie izquierdo –comentó el conserje, mirando para otro lado, como si el comentario no hubiera sido para el santo.

Sonreía por lo bajo, en lo que pasaba el trapeador por la escalera y dejaba todo el vestíbulo bajo los influjos de un olor verdoso y penetrante. Haciendo un esfuerzo por recomponerse, por ignorar las resquebrajaduras que acababa de sufrir su autoestima, echó a andar calle abajo con decisión. ¿Contenerse les costaría, a los otros santos, lo mismo que a él?, se iba preguntando mientras avanzaba a grandes pasos, como si en vez de sandalias llevara botas y en lugar de un rondín por el barrio estuviera conquistando un nuevo planeta. Así de extraño se sentía, y si no hubiera estado convencido de que la humillación era materia formativa para un santo, hubiera corrido a encerrarse en su templo.

Pero precisamente cuando más inseguro se sentía, cuando empezaba a pensar que quizá había llegado la hora de quitarse la túnica y ponerse unos vaqueros, una mujer que alguna vez había visto en el mercado lo detuvo y, con una devoción que anuló de inmediato las majaderías del conserje y del viejo del bastón, le besó los nudillos y le dijo:

–Es usted el sol de nuestro barrio, santo varón.

Después de aquello el santo siguió con el rondín espiritual con más soltura. Aceptó sonriente el pan y la media docena de huevos que le regalaron, y entrando al mercado resistió insultos y elogios con la misma indiferencia.

Antes de llegar al puesto de Mayola y Jesús Andrés, con quienes tenía la urgencia de intercambiar puntos de vista sobre Childeberto, vio que un hombre de traje conversaba con ellos, tirando al aire grandes carcajadotas y simultáneamente palmoteando, como si acabaran de contarle, o de contar él mismo, un chiste colosal. El santo pensó que esas carcajadas no podían ser más que de su hermano. La miopía no lo dejaba comprobar lo que acababa de dictaminar el oído, pero de todas formas hizo una maniobra para evitar el encuentro. Dio media vuelta, y en cuanto empezaba a alejarse un estentóreo insulto resonó en las bóvedas del mercado:

–¡Mójame la mandanga, perra!

Aquella orden áspera y escatológica, que además había sido gritada por un mocoso con voz de pito, que no podía tener más de doce años, provocó un silencio general que sirvió de marco para que su hermano, que había volteado a verlo como todos los demás, dijera, genuinamente sorprendido:

–¡Hombre, Empédocles, qué sorpresa!

Y enseguida, para redondear su crucifixión, una voz ronca y masculina apuntó:

–¡La santa se llama Empédocles!

Y ahí fue donde se desamarró el pandemónium. Primero le cayó una mandarina podrida que le dejó en la túnica, a la altura del pecho, una estrella anaranjada. Luego vino una andanada de frutas, verduras y potentes gritos, que lo obligó a correr y a refugiarse en el puesto de Mayola y Jesús Andrés, y a suplicarle a su amigo, mientras se quitaba del bigote las semillas y la pulpa de un tomate:

–No salgas, Jesús Andrés. No montes un escándalo por esta tontería. Aguantemos aquí hasta que pase el chaparrón.

Su hermano, que se había refugiado detrás de una pila de cajas de calamares, lo miraba sin decir nada, con una rabia de dimensiones genealógicas.

Después de unos minutos, como pasaba siempre, la tormenta cesó y el mercado volvió a su barullo habitual.

–Lo único que me faltaba era que esta gente supiese que me llamo Empédocles –reclamó el santo a su hermano, que seguía pertrechado detrás de los calamares.

–Si te vistieras con camisa y vaqueros tu nombre sería lo de menos –reviró el hermano, furibundo.

–Tiene usted mango en la ceja –terció Mayola, llevándose el dedo índice a su propia ceja izquierda.

–Gracias, hija mía, me han dejado hecho una porquería –lamentó el santo, sacudiéndose las inmundicias que le habían caído en la túnica–. ¿Y tú qué haces aquí? –le preguntó a su hermano, que se quitaba de la corbata una de esas escamas que se le desprendían todo el tiempo a Mayola de las ropas.

–Visitando a mis amigos, ¿tiene eso algo de malo?

–Pensé que ahora que eres figura en la alcaldía te avergonzabas de tus orígenes –soltó el santo con malevolencia, y ya estaba preparando otra cuando su hermano le dijo:

–Necesito que me dejes tu casa de dos a tres de la tarde. Tengo que resolver un entuerto.

Y al decir esto miró con complicidad a Jesús Andrés y a Mayola. Esa mirada hizo pensar al santo que aquel era el tema que hacía unos minutos había provocado los palmoteos y las carcajadotas. Así que preguntó:

–¿Con tu secretaria?

–No, con la directora general de Transporte Público –respondió su hermano, muy divertido.

–¿Y no puedes buscarte un hotel? Tengo una reunión con mis discípulos que, así, a bote pronto, no puedo cancelar –mintió el santo con nerviosismo, pensando en los órganos congelados y en el desastre que supondría que su hermano se pusiera a husmear y diera con un riñón, o con el pie.

–¿Para qué voy a pagarme un hotel, si ya pago la casa donde vives tú?

Jesús Andrés miraba el diálogo con cierta expectación, aunque con disimulo. El santo tenía la esperanza de que el pescadero, al percibir la grave encrucijada que acababa de configurarse, le echara un cable. Después de todo era él quien le había enviado a Childeberto, y los órganos eran también responsabilidad suya. Pero Jesús Andrés no dijo nada, y el santo tuvo que enfrascarse en una amarga discusión con su hermano. Tuvo que exponerse a la humillación de oír, por enésima vez, y frente a sus amigos los pescaderos, lo mucho que hacía por él, y el triste destino que tendría el santo si no fuera por su generosidad. Una generosidad que obedecía exclusivamente, como me lo había contado el mismo santo, a la promesa que el hermano le había hecho a su padre.

–No es que seas idiota, Empédocles –le dijo su hermano antes de desaparecer furibundo entre los puestos del mercado, ajustándose el nudo de su ampulosa corbata roja–. Eres como esos galgos rusos que una vez que tienen a su presa entre los dientes no la sueltan, no la sueltan ni aunque los golpeen o los maten. Son capaces de morir con la presa entre los dientes.

Ricardita y Alicia llegaron con la puntualidad de siempre a la siguiente disertación. Mientras el santo distribuía los cojines por el suelo, ellas manifestaron su repudio por las cosas que le había dicho su hermano en el mercado.

–Y eso de que venga a meterle fulanas al templo no está bien –dijo Ricardita.

Detrás de ella Alicia, que tenía un cojín en cada mano, lo miraba con una peligrosa intensidad. Hubiera ido a prenderle fuego a la casa de su hermano si se lo hubiera pedido.

–Tranquilas, hijas mías, estas cosas deben quedar en familia –dijo el santo para zanjar el tema, un poco impresionado por la mirada de Alicia, una mirada llena de rencor y, al mismo tiempo, de fe inquebrantable en el hombre en que creía.

Lo del mercado, hasta entonces no pudo verlo el santo en su justa dimensión, había tenido esa maldad profunda que solo puede dedicarte un hermano, alguien que te ha visto toda la vida, que te conoce a la perfección y que detesta tus debilidades, porque, aunque él no las tenga, las identificará siempre como una posibilidad latente, como la grieta por donde él mismo podría empezar a vaciarse. En ese momento, el santo tendría que haberse dado cuenta de que su hermano lo conocía mejor a él de lo que él conocía a su hermano. Una cuestión elemental en la que el santo no reparó y que, de haberla tenido en cuenta, le hubiera permitido estar alerta, defenderse y, sobre todo, tomar él la decisión del camino que quería seguir. Pero el santo no reparó en eso, dejó pasar el momento en que podía haber evitado el desastre que se avecinaba. Rebasó, sin darse cuenta, el punto de no retorno y empezó a adentrarse, sin saberlo, en la profunda oscuridad, en la profunda e incontrolable oscuridad, en la oscuridad sólida, esa en la cual se borra todo y cierras los ojos y te los restriegas para volver a abrirlos y encontrarte otra puta vez en la maldita oscuridad.

Ricardita y Alicia, ligeramente frustradas porque el santo no entraba al trapo, se acomodaron mansamente en su cojín.

La verdad es que la indiscreción de Mayola y de Jesús Andrés, que seguramente habían contado el chisme a sus pupilas, lo había ofendido. Pero tenía que hacer un esfuerzo para que las señoras no notaran su desconcierto.

Por otra parte, la incursión en su territorio de la directora general de Transporte Público no había sido gran cosa. Había quedado reducida a un fugaz metesaca que no lo había tenido más de veinte minutos atrincherado en la cocina.

–Hoy voy a hablarles, hijas mías, del corredor celeste de los ovnis y de cómo podemos vislumbrarlo valiéndonos del tarot de Aleister Crowley –comenzó a decir el santo con una teatralidad que en ese momento juzgó imprescindible, echando a volar los velos de su túnica mientras pasaba, frente a los ojos pasmados de Ricardita y Alicia, el mazo de cartas que había diseñado el mago inglés.

–¡Disculpe usted, santo varón, he vuelto a llegar tarde! –gritó Childeberto después de abrir ruidosamente la puerta y de zapatonear con estrépito rumbo al salón.

–¡Pasa, hijo mío, tus irrupciones comienzan a ser una tradición! –le dijo el santo con un tono que le pareció sarcástico, pero que fue entendido por Childeberto como una amable invitación al diálogo.

–Qué fuerte lo de su hermano, santo varón. Jesús Andrés me lo ha contado todo –le dijo en lo que se desmoronaba encima del cojín que le correspondía.

–Acabo de decirle a estas mujeres, hijo mío, que este es un tema personal que debería quedar entre mi hermano y yo.

Childeberto, oculto detrás de sus gafas oscuras, se le quedó mirando impávido, con la boca abierta. Parecía que alguien acababa de desenchufarlo.

Luego la sesión transcurrió con normalidad. El santo pudo disertar largamente sobre el tema que había elegido, y al final sus tres discípulos se retiraron en santa paz. No hubo ni conversaciones delirantes, ni más órganos congelados. Childeberto tenía todos los síntomas de haber pasado la noche en vela, y el santo había preferido abstenerse de preguntarle por el nuevo riñón de su amigo Macadamio. Y por Madame Erotikón, cuya ausencia lo hizo pensar, con cierto alivio, que lo que había entre ellos había terminado.

Pasó el resto de la tarde vagando por internet, mirando ocasionalmente por la ventana y bebiendo compulsivamente infusión de rooibos.

Antes de irse a la cama contempló, analizó, hurgó y se abismó, durante un buen rato, frente al pie cercenado de la mujer de la alta burguesía de Chicago.

En plena madrugada, unos fuertes golpes en la puerta despertaron al santo.

–¡Ya voy, ya voy! –gritó por el pasillo mientras se ponía la túnica–. ¿Quién es? –preguntó antes de abrir.

No eran ni las cinco y no esperaba a nadie. Ni a esa hora ni a ninguna otra.

–¡Julio Gómez! –se oyó una voz del otro lado.

–¿Y quién es Julio Gómez? –preguntó el santo, convencido de que aquel hombre estaba completamente desorientado.

–El hijo de Mayola y Jesús Andrés –dijo el hombre con una voz más discreta.

–¡Julito! –gritó el santo en lo que abría la puerta, seguro de que el muchacho se encontraba a punto de flaquear y necesitaba de sus consejos. Pero en cuanto quedaron frente a frente se encontró con Julio Gómez, vestido de uniforme y gorra de capitán de Boeing, cargando un paquete de varios Tupperware.

–¿Qué traes ahí, Julito? –preguntó el santo, e inmediatamente después añadió, o más bien pretendió transformar la realidad, que se le echaba encima, con el siguiente conjuro–: ¿Calamares que Jesús Andrés quiere que le guarde en el congelador?

–No tengo ni idea –respondió Julito mientras se encaminaba por el pasillo hacia la cocina. El conjuro había sido una tontería. El santo sabía, desde luego, lo que había en esas cajas que Julito ya colocaba, divididas en dos secciones, encima de la barra. Se quitó la gorra de capitán, se aflojó el nudo de la corbata y paseó la vista por la estantería hasta que dio con la botella de aguardiente africano.

–¿Puedo? –preguntó con la botella en la mano.

El santo no dijo nada. Se limitó a mirar cómo se servía un trago, y cómo se lo bebía de un solo envión y cómo luego, ya más relajado, se servía otro.

–¿Y qué hay de nuevo, santo varón? –dijo Julito con el vaso en una mano, y posando la otra encima de una de las pilas de cajas.

–¿Qué traes ahí? –preguntó el santo, por decir algo.

–Ya le he dicho que no lo sé, es un encargo de mi padrino Childeberto –dijo Julito, y luego añadió–: ¿Quiere que le ponga todo esto en el congelador nuevo?

–Ya sabía que no debía aceptar ese regalo –se quejó el santo.

Julito puso cara de no entender lo que acababa de oír, mientras acomodaba las cajas en el congelador.

–¿Y por qué no ha venido él mismo? –preguntó el santo, pensando en que no hacía ni doce horas que Childeberto había estado presente en su disertación sobre los ovnis y el tarot de Aleister Crowley.

–Tenía cosas que hacer y, como usted comprenderá, no puedo negarme a un favor que me pida mi padrino.

Y antes de que el santo pudiera decir algo, se empinó el vaso de aguardiente y se despidió.

–Me voy, tengo un vuelo en la tarde y necesito dormir un poco.

Afuera seguía siendo de noche. Los pasos firmes de Julito, de capitán de Boeing con gorra, resonaban en la calle, que a esas horas no tenía ni un alma. Lo vio irse caminando rumbo a su casa hasta que lo perdió de vista. Luego se quedó ahí, mirando la noche y la calle vacía hasta que, encima de la cornisa de un edificio, empezó a despuntar un rayo de sol.

Julito le había dejado seis cajas. No sabía lo que contenían, y tampoco tenía suficiente ánimo para averiguarlo. Ese cargamento acababa de volver inverosímil la historia, ya de por sí dudosa, de Childeberto. Concluyó que estaba metido en un lío muy gordo. Childeberto no era un hombre bondadoso que veía por sus amigos, sino un siniestro traficante de órganos. Estaba valorando si le contaba o no a su hermano lo que ocurría cuando llamó Childeberto por teléfono:

–Santo varón, qué bueno que lo encuentro despierto. Necesito pedirle un favor –dijo en medio de un sofoco y con la voz entrecortada, como si hubiera corrido mucho antes de hablar. Luego, sin darle tiempo al santo de replicar nada, prosiguió–: Dentro de cinco minutos irá a su casa un compañero, llamará cuatro veces seguidas a la puerta, en dos grupos espaciados de dos golpes rápidos cada uno, y usted, si me hace el grandísimo favor, le dará una de las cajas que le llevó Julito, la número cuatro –explicó todavía bastante sofocado.

–¡Esto ya se está pasando de la raya, Childeberto! –explotó el santo–. No pienso hacer nada hasta que vengas y me expliques qué te traes entre manos.

–Tranquilícese usted, santo varón, se trata de un compañero al que van a trasplantarle un riñón esta mañana, de ahí la urgencia.

–¡Cómo sea mentira esto que me estás contando voy a denunciarte a la policía! –gritó el santo, y en lo que cogía aire para decirle otras cosas, tocaron en la puerta la clave, con unos golpes escrupulosamente interpretados, que no podían ser más que del hombre del riñón.

–Está bien –dijo el santo, ofuscado por la solidez de los golpes, y añadió, antes de colgar el teléfono–: Pero es la última vez que te hago un favor de esta naturaleza.

En cuanto llegó a la puerta el santo preguntó, por puro formulismo, quién era.

–Vengo de parte de don Childeberto –respondió una voz espesa y rocosa, después de titubear un poco, porque lo había desconcertado que la clave, que tan escrupulosamente había interpretado sobre la puerta, no hubiera sido suficiente.

Regresó al congelador a revisar las cajas nuevas y de inmediato vio que, en efecto, estaban numeradas. Cada una llevaba un número escrito con tinta azul de bolígrafo sobre una etiqueta blanca. Se trataba de una numeración desenfadada, hecha con trazos descuidados; parecían los precios de la mercancía polvosa de una tienda de ultramarinos. La desenfadada estética de esos números no concordaba con la extrema seriedad de la pieza que numeraban.

Llegó a la puerta con la caja helada que tenía el número cuatro. Al abrir y mirar de golpe al hombre del riñón, le quedó clarísimo que Childeberto, efectivamente, acababa de meterlo en un lío muy gordo. Frente a él se erguía un calvo enorme de película de gángsters, que abría una boca sobrepoblada de dientes para decirle «gracias», al tiempo que extendía la palma de una manaza, enfundada en un guante negro, para que el santo depositara ahí la caja helada.

Unas horas más tarde, el santo llamó a su hermano al Ayuntamiento. La secretaria empezó a darle las largas de costumbre. Que estaba reunido con el alcalde, que ya lo llamaría más tarde, lo de siempre. No tuvo más remedio que echar mano de su amenaza habitual:

–Se trata de una urgencia, señorita, quizá sea mejor que vaya yo a verlo.

–Si es tan urgente –dijo la secretaria–, lo localizaré ahora mismo. No cuelgue, por favor.

Su hermano no soportaba la idea de verlo por sus dominios. La única vez que había ido a visitarlo, porque llevaba quince días de retraso con su mensualidad, se había armado una gresca de tal magnitud que todavía, años después, en momentos de sumo furor fraterno, su hermano se lo echaba en cara. Había llegado ahí, a preguntar por él, y el guardia de la entrada, al verle la túnica y las barbas y la orilla de los ojos roja, como un alambre candente, lo había confundido con uno de esos vagabundos que tratan de colarse todo el tiempo para pedir monedas a los funcionarios, o para dormirse en un banco, a la sombra de los arcos que rodeaban el patio. «No soy un vagabundo –había dicho entonces el santo–. Soy el hermano del secretario del alcalde.» El policía se echó a reír y, simultáneamente, le puso la mano en el pecho y lo empujó hacia atrás, de mala forma, para que se fuera. El santo había empezado a verlo todo rojo, como le sucedía a veces en el mercado, y en un estado súbito de furia se quitó de encima la mano del guardia y echó a correr por el patio de honor rumbo a la oficina de su hermano, desatando el consecuente coro de gritos e insultos que lo acompañaba cada vez que corría, manoteaba o hacía algún aspaviento. Los gritos lo fueron persiguiendo en lo que cruzaba de lado a lado el patio, y luego mientras subía las escaleras hasta la segunda planta, y justamente cuando estaba a punto de alcanzar la puerta de la oficina, un funcionario rechoncho de gafas obedeció el grito de «¡Detengan a ese loco!», y le metió una zancadilla que lo hizo caer y golpearse en la boca. Su hermano había salido, alertado por el griterío, y lo había encontrado ahí, tironeado por el guardia y con la boca y la túnica llenas de sangre.

–¡¿Qué coño quieres, Empédocles?! –gritó su hermano del otro lado del teléfono.

–Estoy metido en un lío.

–¿Qué clase de lío? –preguntó su hermano ya sin gritar, con mucha cautela. El cambio de tono hizo al santo pensar, ingenuamente, que, a pesar de sus insalvables diferencias, su hermano siempre sería su hermano.

–Un lío en el que me ha metido Childeberto, el compadre de Mayola y Jesús Andrés –respondió el santo.

Después de un prolongado silencio, el hermano preguntó:

–¿Te va bien que pase después de comer?

La perspectiva de compartir con su hermano aquel calvario lo dejó más tranquilo.

Esa mañana le tocaba hacer rondín espiritual por el burdel, pero pensó que lo mejor era no dejarse ver hasta que aclarara su situación. Calculaba que su prima, o Garamoña o Escolapio, iban a sacarlo de quicio, y prefería no exponerse. Se sentía de un humor volátil y explosivo.

A las tres en punto tocó la puerta su hermano. Pasó directamente a la cocina, sin dirigirle la palabra al santo. Se quitó la americana, la colgó en el respaldo de una silla y se plantó frente a la ventana, con las manos a la espalda, como si fuera un maestro que, mientras sus alumnos resuelven un largo examen, se entrega a la contemplación del mundo exterior.

–No sé qué tiene esta cocina que, últimamente, todos recalan aquí –dijo el santo, para romper el silencio, a la espalda y a la nuca de su hermano.

–No sé por qué les gustará a los demás, pero a mí es la habitación que más me recuerda a papá y a mamá –dijo su hermano con una normalidad que se contradecía con su brusca entrada. Y con sus avistamientos por la ventana, que eran los gestos inequívocos de una persona enfadada.

–¿Y tu extrañas a papá y a mamá? –preguntó el santo muy sorprendido.

Su hermano había sido siempre el principal detractor de la vida acomodaticia que llevaba su padre, y de la vida indigna que llevaba su madre, al recibir todas las noches en su cama al párroco del barrio, y encima procrear una familia con él.

–Sí, parece mentira, pero así es –respondió su hermano sin dejar de mirar por la ventana.

–Pero si a papá le gritabas que era un irresponsable y un borracho y a mamá que era la puta de Dios –reclamó el santo, sin poder creer lo que estaba oyendo.

–Ya, ya –se defendió su hermano en lo que daba media vuelta, para mirarlo por primera vez a los ojos–. Es que últimamente he pensado que me gustaría que estuvieran vivos, me gustaría tener padres aunque fueran una mierda. Quisiera que alguien caminara delante de mí, como un escudo. No extraño la persona de papá, sino su dimensión física –dijo su hermano.

Luego pareció que iba a añadir algo, levantó el dedo, se rascó una ceja, y al final se guardó la mano en el bolsillo.

–Pero si yo camino delante de ti, soy tu hermano mayor –le reclamó el santo.

–¿Y quién se hace cargo de quién? –respondió su hermano desafiante, abandonando su lejanía, su melancolía y su orfandad junto a la ventana, para arrimarse a unos cuantos centímetros de su cara, y luego retirarse un poco para decir–: Y esto sin contar los líos que tengo con mi mujer y con mis hijos, y con mi secretaria y con la directora general del Transporte Público. A veces te envidio, Empédocles, estás solo y no tienes más obligaciones que las que te has inventado tú mismo.

El santo no sabía bien qué posición adoptar frente a aquel arranque de sinceridad. Su hermano nunca le había hablado en esos términos y, aunque su discurso contenía elementos que tendrían que haberlo molestado, en ese momento podía más su doloroso desamparo. Su hermano acababa de reducir su trabajosa misión espiritual a un capricho, y le había echado en cara, una vez más, el tema económico. «Yo doy mucho más a algunas personas de lo que tú desembolsas para pagar este cuartucho de alquiler congelado», tendría que haberle dicho. Pero lo veía tan agobiado, con la mano todavía en el bolsillo y mirando insistentemente al suelo, quizá buscando un rastro de su padre, un signo al cual entregarse, que al final concluyó que lo mejor era guardar silencio y esperar a que su hermano definiera el derrotero de la conversación. A que saliera de su trance hamletiano.

–A ver, cuéntame, ¿qué es eso que tanto te preocupa? –dijo animado por una súbita energía, mientras cogía un vaso y se servía un buen trago de aguardiente africano.

El santo le contó durante veinte minutos, con un cuidadoso prólogo para que lo de los órganos no le cayera a su hermano tan de golpe, la escalada de su relación con Childeberto, sus lazos con Mayola y Jesús Andrés, las cajas con las que le había llegado Julito y que él tenía ahí mismo, en el congelador que el monstruoso Childeberto le había metido en la casa.

–¿No te parece escalofriante lo que acabo de contarte? –preguntó el santo, alarmado por la indiferencia con que era recibida su historia.

–Voy a contarte algo. Te sugiero que te sientes –advirtió su hermano. Y al ver la cara de incredulidad, y de susto, que ponía su interlocutor, añadió–: Si llevas esa túnica deberías procurar guardar la compostura. ¿Qué clase de santo es aquel que se atemoriza? –dijo con sorna.

Luego se sirvió más aguardiente africano y comenzó a contarle la historia, ya sin vestigios de su melancolía hamletiana, yendo y viniendo de un lado a otro de la cocina, con el vaso en una mano, y con la otra tocándose, una y otra vez de forma compulsiva, el nudo de su estrepitosa corbata azul.

Julio Gómez, Julito, pilotaba un avión que volaba a Londres. Trabajaba toda la semana, excepto los martes y los domingos. Aunque el ritmo parece muy demandante, la verdad es que Julito tenía varias horas muertas entre vuelo y vuelo. Aterrizaba en el aeropuerto de Heathrow a las nueve de la mañana y regresaba en su mismo avión a las cuatro de la tarde. Tenía tiempo suficiente para pasearse por la ciudad, cosa que desde luego hacía, pues se trataba de un muchacho sumamente inquieto. El piloto que hacía esa misma ruta, los días que Julito descansaba, prefería esperar en Heathrow bebiendo café y ojeando revistas hasta que llegara la hora de regresar. Prefería guardarse los viáticos que le daba la compañía de chárters para que se pagara un viaje al centro de la ciudad y desayunara opíparamente en un restaurante. Pero Julito no era así. Un hombre que cuando era muchacho tomaba pastillas y bailaba desnudo canciones de Jim Morrison mientras propinaba mamporros a sus padres, no era el tipo de persona que se pasa siete horas en un Starbucks de aeropuerto, teniendo la ciudad de Londres a su disposición. A Julito le había gustado siempre vivir la vida. Durante muchos meses, un año quizá, aprovechó las horas muertas en Heathrow para hacer largos *brunchs* en los restaurantes de Portobello Road y luego pasearse por las tiendas, casi siempre en compañía de alguna de sus sobrecargos. Las sobrecargos eran todo un capítulo en la vida de Julito. Mayola y Jesús Andrés le habían contado al hermano del santo, con un tono quejumbroso, que cada dos días les llegaba con una fulana distinta. Al principio, Julito había intentado ser discreto, pero muy pronto comenzaron a oír, cada dos noches, los rechinidos, los resoplidos y los alaridos propios de un violento encuentro sexual. «Y una ya tiene sus años, y su vergüenza», le había confesado alguna vez Mayola. «¿Y por qué no se alquila un piso para él solo?», había preguntado el hermano del santo. «Está muy apegado a nosotros», había terciado Jesús Andrés.

De alguna forma entró Julito en contacto con un sicario mexicano, en uno de esos restaurantes de Portobello Road a los que era tan afecto. El sicario había identificado el uniforme de capitán de avión y lo había escuchado hablar en español con su acompañante: Rusticiana Apodaca, una rubia de rostro hermoso, anchos hombros y unas manos maltratadas y pellejudas, indignas de su rostro, que hacían pensar que, en lugar de servir café o té durante el vuelo, venía de cambiarle los cojinetes y las bujías a los motores del jet. Julito y Rusticiana se citaron con el sicario mexicano dos días más tarde, en el mismo restaurante de Portobello Road, y de aquel *brunch* nació un proyecto que Julito consultó al día siguiente, ya de vuelta en casa, con la persona que más confianza le inspiraba: su padrino Childeberto.

Julito y su padrino habían emprendido juntos un par de aventuras financieras. Una de ellas era el camión que conducía Childeberto, y que Julito había conseguido dando un enganche con la paga doble que la compañía de chárters le había dado en Navidad. El negocio del transporte no pasaba por un buen momento, pero al menos daba para ir pagando las mensualidades del camión, y para que Childeberto fuera teniendo algo de dinero. Julito confiaba en que, una vez amortizado ese camión, podría hacerse con otro, y luego con otro, y así hasta formar una flotilla que ya sería un negocio que le permitiría retirarse a regentear su propia empresa. La aventura financiera anterior había sido un desastre. Habían montado una granja de pollos en las afueras de la ciudad, con la idea de abastecer un par de puestos del mercado, y dos meses más tarde a Childeberto se le había colado una plaga que había matado a todos los pollos. Lo de granja de pollos es un decir: se trataba de un corral que había montado el mismo

Childeberto en el solar de una hermana de su madre, que había muerto sin testamento. Esto era importante porque cuando el sicario mexicano propuso su negocio, Julito vio el cielo abierto, los pollos se le habían muerto, lo del camión no terminaba de arrancar y lo que ese hombre le proponía, en aquel restaurante de Portobello Road, era un negocio que ya funcionaba y que comenzaría a dejar ganancias de forma inmediata.

Childeberto ya era su socio y tenía tan pocos escrúpulos como él mismo, así que al instante dijo que sí.

Una semana más tarde, Julito y Rusticiana recogían el primer paquete en un polígono industrial, en el norte de Londres. El sicario mexicano vivía a todo lujo en Portobello, pero su oficina estaba en un barrio deprimido lleno de maleantes y malvivientes. Tenía una docena de bravos que trabajaban para él, la mayoría también mexicanos que habían escapado de su país por líos con la justicia o con las huestes del narcotráfico.

El sicario estaba asociado con una banda de traficantes de órganos que se parapetaban detrás de su aspecto, y de sus costumbres, de musulmanes religiosos pacíficos. Julito ignoraba cómo trabajaba la red que, una vez por semana, le daba un par de órganos congelados para que, aprovechando sus privilegios de capitán de Boeing, o de sobrecargo en el caso de Rusticiana, lo transportara en su avión y lo colocara en otro mercado. La idea del sicario era expandir el horizonte de su empresa, y a Julito lo que le importaba era que aquello le dejara dinero. El procedimiento, si se excluye el elemento criminal, era muy sencillo. Julito, en lugar de ir al *brunch* a Portobello Road, pasaba por el polígono industrial a recoger el paquete que le tenía preparado el sicario. Era un sofisticado envoltorio térmico que contenía un par de riñones, o un hígado, y que Julito guardaba en el doble fondo de su maletín de piloto. Una vez lo recogía él y otra Rusticiana, que tenía también un doble fondo en el maletín. El envoltorio viajaba en el congelador de la nave, y en tierra llegaba a manos de

Childeberto, que ya le tenía al órgano un Tupperware con su gruesa cama de hielo.

–¿Y la tripulación no pasa por la máquina de rayos equis? –preguntó el santo a su hermano, porque la historia de Julito pasando hígados y riñones en el doble fondo de su maletín le pareció inverosímil.

–Desde luego –respondió muy animado su hermano, muy metido en su historia–. Pero sucede que los paquetes congelados iban recubiertos con un material que es inmune a los rayos equis –explicó, y enseguida añadió–: Además, el sicario estaba coludido con los revisores del aeropuerto, y Julito y Rusticiana sabían perfectamente con qué revisor apuntarse.

–¿Y cómo es que sabes tú todo esto? –preguntó el santo, sumamente desconcertado.

–No adelantes vísperas, Empédocles –le dijo su hermano mientras se servía más aguardiente africano y echaba un ojo por la ventana, a una vecina que colgaba una sábana y que, al estirarse para enganchar la pinza, dejaba al aire las corvas y dos tercios de los muslos.

A lo largo de su narración había estado yendo y viniendo por la cocina, y en los momentos en que no sostenía el vaso apoyaba las dos manos sobre la barra, como si fuera un conferencista hablando para su auditorio.

Childeberto encontró rápidamente mercado para los órganos que le llevaba Julito. Un mercado clandestino, claro está, en dos clínicas a las que se acercaba la gente que estaba desesperada por un trasplante. La clínica hacía firmar a los pacientes un documento que los exculpaba de cualquier responsabilidad y, en todo caso, la responsabilidad de Childeberto terminaba en cuanto entregaba el Tupperware: le pagaban lo que se había acordado y a otra cosa.

El negocio comenzó a crecer, una de las clínicas les pedía cada vez más piezas y Julito y Rusticiana se pasaban sus estancias en Londres visitando el cuartel del sicario mexicano. Todo iba sobre ruedas hasta que un día Scotland Yard aprehendió al líder de la banda de musulmanes aparentemente pacíficos y orilló al sicario mexicano, y a sus bravos, a conseguir la mercancía por otras vías. Aquel contratiempo hizo pensar a Childeberto y a Julito que dependían demasiado del sicario, que encima estaba en Londres, y que lo conveniente sería buscar el material en su propio territorio.

–Y aquí es donde entro yo, Empédocles –dijo el hermano mientras echaba otro vistazo a la ventana, mucho más breve porque ya las corvas y los muslos de la vecina se habían ido, y solo quedaba la sábana movida por el viento–. No pongas esa cara y escucha lo que voy a decirte, antes de juzgarme duramente. Julito fue a verme al Ayuntamiento, iba con su uniforme de piloto y acompañado por Childeberto, a quien, con sobrada razón, no dejaron entrar. Julito me contó su historia con una franqueza y una soltura que me dejaron conmovido. Es cierto que lo conocemos desde que era un niño, pero lo que estaba haciendo ahí, técnicamente, era confesar un delito a un funcionario público. Me dejó tan conmovido que decidí ayudarle, de manera discreta, por supuesto, porque ya te imaginarás el lío en que puedo meterme si alguien se entera. Los mandé a una clínica municipal, donde sé que hacen chapuzas, y a la morgue, con un médico forense que es un desgraciado que saca órganos, sin autorización de los parientes, a los cadáveres que le llevan para que les haga la autopsia. El abastecimiento comenzó a ser tan efectivo que un buen día se vieron con un excedente de piezas, y Childeberto tuvo la idea de pedirle a la madre de Julito que se las guardara en su puesto del mercado, en uno de los congeladores.

–¿Mayola sabe que Julito es traficante de órganos? –preguntó el santo, cada vez más sorprendido por la envergadura que iba cobrando la historia.

Su hermano se le quedó mirando con un asombro burlón y, mientras se servía lo quedaba en la botella de aguardiente, le preguntó:

–¿No sabes nada de lo de Mayola y Childeberto? –Y al ver el creciente desconcierto en la cara del santo, añadió–: Son amantes.

–¿Desde hace cuánto? –preguntó el santo, poniéndose bruscamente de pie y yéndose a refugiar al otro lado de la barra, como si quisiera huir de lo que estaba oyendo.

–Hace quince años, Empédocles. Vives en la luna. ¿Puedo continuar?

El santo dijo que sí con la cabeza, tratando de espantarse la imagen de Childeberto, con sus gafas oscuras, montando solemnemente a Mayola, que no es que fuera una mujer delgada.

–Mayola sabía toda la historia desde el principio: lo que no le contaba su hijo, se lo contaba su amante entre las sábanas –informó su hermano.

–¿Y Jesús Andrés lo sabe? –preguntó el santo, pertrechado detrás de la barra.

–Jesús Andrés es tonto, o prefiere no enterarse, porque ya me dirás tú cómo pueden ocultarse quince años de amancebamiento –dijo el hermano con toda frialdad, y después concluyó su historia–: Guardar la mercancía en el puesto de Mayola no era buena idea. Jesús Andrés, que, como te digo, es tonto, tampoco sabe nada del negocio de su hijo, y es capaz de venderle a un cliente un hígado como si fuera lomo de atún. Así que Julito pensó en ti, y el resto de la historia ya lo conoces.

Y, dicho esto, se quedó mirando al santo, esperando a que le dijera algo sobre la historia que acababa de revelarle. Pero el santo estaba aturdido y lo único que se le ocurrió decir fue:

–Pues es momento de buscar otro congelador, porque yo no puedo estar encubriendo a una banda de traficantes de órganos, eso me haría cómplice.

–Tú ya eres cómplice, Empédocles –observó su hermano con una sonrisita–. Tienes la cocina llena de material inculpatorio, y acabas de entregarle a un hombre un riñón congelado. Acabas de ejecutar una transacción, y eso te hace nuestro socio.

–Siempre podré alegar que me han enredado, que yo pensaba, como el mismo Childeberto me lo dijo al principio, que lo que había en los Tupperware eran guisados –contraatacó el santo en voz baja, porque no quería que algún vecino oyera aquella conversación.

–¿Y tú piensas que alguien va a creer en tu inocencia? Con esa túnica pareces un loco peligroso, bien podrías ser el heredero espiritual de Charles Manson.

El santo se derrumbó abatido en una silla. Trataba de digerir lo que su hermano acababa de decirle. Con la cabeza entre las manos, pasando revista mental a todas las modalidades de la ruina que veía venir, empezó a llorar quedamente, un llanto tibio que se le escurría patéticamente por las mejillas.

Su hermano, ignorando el estado de consternación en que se encontraba el santo, explicaba que los flujos y reflujos del tráfico de órganos habían situado el negocio en un momento privilegiado para expandirse y que, con la complicidad del alcalde, habían pensado intervenir en los albergues para vagabundos.

–¿Con la complicidad del alcalde? –preguntó el santo con los ojos achinados por el llanto, y los pómulos brillantes, fúlgidos de tanta lágrima.

–Sí, Empédocles, la legislatura termina en un año, y el alcalde quiere hacerse con todo el dinero que pueda para financiar su siguiente campaña. Quiere ser gobernador.

–¿Y por qué me cuentas todo esto a mí?

–Hemos pensado que, además de guardar los órganos en tu congelador, podríamos aprovechar tus dotes de líder espiritual en los albergues –le dijo el hermano, y luego remató, con una autoridad que no iba a tolerar el desacato–: Los lunes en la mañana vas a dar charlas en un albergue, y los jueves en otro. El Ayuntamiento va a pagarte por eso un sueldo mensual. Lo que importa es que hagas contacto con esa gente y, sobre todo, que te tengan confianza.

–¿Y si no quiero hacerlo? –preguntó el santo por preguntar, porque, si algo le acababa de quedar claro, era que estaba atrapado.

–Si no quieres hacerlo te quedas solo, y a ver cómo lidias con el tema de los órganos en tu congelador –amenazó el hermano.

Luego se puso la americana que había dejado colgada en el respaldo de la silla y se fue caminando ruidosamente por el pasillo rumbo a la puerta.

Childeberto llegó tranquilamente a la siguiente disertación. Llegó tarde y con un halo de fátum funesto, interrumpiendo como era su costumbre.

Se derrumbó, sudoroso y acezante, en el cojín que había entre Alicia y Ricardita.

–Buenas tardes, santo varón –dijo parapetado detrás de sus gafas oscuras, y luego añadió teatralmente, volteando con dificultad a derecha y a izquierda–: Buenas tardes, sus majestades.

Aquella burrada arrancó una ristra de risitas a las señoras, que estaban siempre excelentemente predispuestas ante cualquier cosa que saliera de la bocaza de Childeberto.

Esa tarde el santo tuvo que hacer un esfuerzo extraordinario para dirigirse a su parroquia. Quería hacerle tal cantidad de reclamos a Childeberto que al final no le dijo absolutamente nada.

Ricardita y Alicia se despidieron, después de hacerle ver que lo habían encontrado distraído, con la cabeza en otra parte. Childeberto se despidió de él con su tradicional beso en los nudillos. Luego le avisó que al día siguiente llevaría otro guisado para que se lo guardara en el congelador, y que antes de irse necesitaba llevarse las cajas 1 y 3, y que en unas horas pasaría un enviado especial por la 5.

El santo le dijo que sí a todo con una mansedumbre sintomática.

Cuando se quedó solo se sentó en la barra de la cocina, con la libreta abierta, para escribir algunas notas. Lo único que salió de su mano fue una serie de círculos que se enredaban interminablemente sobre sí mismos. Al cabo de media hora ya llevaba trazado un paisaje que parecía concebido por un demente. Siguió trazando los círculos de su paisaje mental hasta que se hizo de noche.

Como por arte de magia, el santo acababa de convertirse en miembro de una banda de traficantes de órganos. También tenía un empleo remunerado al que debía asistir dos veces por semana. Todo estaba cambiando radicalmente, aunque él todavía se empeñaba en resistir. En no capitular.

Antes de irse a dormir sacó del congelador el Tupperware del pie. Lo destapó y contempló largamente la pieza, alumbrada por la luz tenue que entraba por la ventana. Una luz débil que salía de las farolas y que al posarse sobre el hielo ganaba un tenebroso resplandor. Después, con unas ansias que ya no se molestaba en refrenar, comenzó a hurgarle entre los dedos con una cucharita de café.

A partir de ese momento el santo desapareció para mí. Me dejó colgado con toda la información que había logrado juntar. No quería recibirme, ni quedar conmigo en ningún sitio. No quería verme. Meses más tarde me explicaría atropelladamente sus razones, pero entonces se disculpó argumentando que no podía decirme nada de todo aquello que había empezado a pasarle. Tenía miedo. Durante esos meses de silencio, hice unas cuantas entrevistas con la gente que lo conocía, pero al final, como ya he contado, terminé abandonando el proyecto. Carecía de esa sustancia que el mismo santo me revelaría diez años más tarde, cuando ya había reconstruido su vida en una remota aldea africana.

También aproveché esos meses de silencio para leer una serie de libros de escritores de Europa del Este, donde había personajes que se parecían al santo. Leí a Andrujovich, a Hajnóczy, a Stasiuk y a Bodor, pero no fue hasta que leí *Melancolía de la resistencia* (editorial Acantilado, 2001), una novela del escritor húngaro László Krasznahorkai, cuando comencé a ver al santo como un personaje de ficción. Durante las siguientes semanas me pregunté, con una insistencia desesperada, si no tendría que ponerme a escribir la historia del santo como si fuera una novela. Incluso probé ficcionar algunos pasajes en el burdel y en el mercado. Pero el monto de realidad que contenía la historia me hizo recular y, al final, abandonar la idea del santo en clave de ficción. El santo era real y el libro tenía que ser una historia de verdad.

SEGUNDO ACTO

El santo tuvo que hacer gala de mucha entereza a la hora de subirse al autobús que lo llevaba al albergue. Su hermano había sugerido que se vistiera de pantalones y camisa, para no llamar tanto la atención. Porque subirse al autobús de túnica y sandalias era como pegar un grito, y lo que se imponía en aquella empresa, según las palabras de su hermano, era una hermética discreción.

Pero el santo había reflexionado durante todo el fin de semana y había llegado a la conclusión de que quitarse la túnica constituía una renuncia excesiva.

–Va usted a conquistar nuevos territorios, santo varón –le dijo una viejecita que estaba en la parada del autobús.

Un poco más allá, un hombre lo miraba sin poder creer lo que veía. El viaje resultó menos violento de lo que esperaba. El chofer del autobús lo llamó «padre», como si hubiera sido un franciscano o un dominico, y al bajarse y caminar por las calles de un barrio desconocido tuvo la impresión de que era más fácil ser santo en el extranjero.

En todo caso, su hermano se molestó mucho en cuanto lo vio entrar de túnica en el albergue, aunque tiempo después, porque así convendría a sus intereses, cambiaría radicalmente de opinión.

Su hermano estaba ahí para comprobar, personalmente, la viabilidad de su proyecto. Quería cerciorarse de que el ambiente, el sitio y el personal fueran propicios.

Medio centenar de personas sin casa, uniformados por un halo cochambroso de miseria, miraban al santo con curiosidad.

–¿Va a decir misa, padre? –preguntó un muchacho que estaba sentado, con vistosa displicencia, al fondo del salón.

El santo, tratando de sobreponerse a la impresión que le causaba la pobreza de esa gente, se perdió durante cuarenta y cinco minutos en una larga disertación sobre la importancia de conocerse a sí mismo, y las técnicas que podían servir para llegar a ese conocimiento.

Al final una señora que lo contemplaba desde el interior de su chal, como si estuviera metida en un saco de dormir, le preguntó si todas las sesiones serían así.

–¿Así cómo, hija mía? –le preguntó el santo acercándose a ella, en un gesto que buscaba la empatía con esa recua de desgraciados.

–Así de puro oír –le respondió la señora, llevándose un dedo a la oreja, que estaba oculta debajo de una tiesa pelambrera.

Antes de irse todos, incluso el muchacho displicente que había oído la disertación desde el fondo, se despidieron dándole la mano y diciéndole «gracias, padre», «hasta el lunes, padre», «que Dios lo bendiga, padre».

Tres días después pasó lo mismo, más o menos, en el otro albergue.

Más tarde, cuando el santo ya empezaba a familiarizarse con su nueva rutina, y se sabía algunos nombres y conocía algunas historias, comenzó a sentirse raro con sus fieles del barrio.

Al principio achacaba aquella extrañeza a Childeberto. Impartir un cursillo espiritual a un traficante de órganos, que encima era su socio y, dependiendo de cómo se mirara el organigrama, su jefe, le parecía anticlimático. Pero pronto comprendió que, al margen de esa funesta presencia, el auditorio que conformaba Childeberto, junto con Ricardita y Alicia, y a veces Madame Erotikón, era completamente refractario. Tenía la impresión de que lo que decía ahí no lograba traspasar la superficie, y eso empezaba a desmoralizarlo.

En cambio, todo lo que decía frente a los vagabundos tenía un impacto muy serio, daba directamente en el blanco y removía las conciencias. Así se lo hacían saber los que lo escuchaban.

Además, las sesiones del albergue eran mucho más dinámicas. Por ejemplo, la mañana en que había explicado los fundamentos del tarot como vehículo para encontrarse a uno mismo, habían hecho una representación colectiva. Cada uno de los arcanos mayores había sido representado por un pupilo, El Emperador por un vagabundo viejo y La Fuerza por una señora que, a pesar de su notoria pobreza, se esmeraba por asistir a las disertaciones muy acicalada. La Rueda de la Fortuna le había tocado a Pascual, un joven de chándal y aro en la nariz que rodaba por el suelo completamente metido en su papel, mientras el resto giraba, como un sistema solar, alrededor del arcano XVII, La Estrella, representada por una viejecita ventruda y patizamba que reproducía las palpitaciones del astro abriendo y cerrando los ojos a gran velocidad.

No había comparación posible entre los vagabundos y el apático grupo que lo escuchaba pasivamente en su casa.

–¿Y nadie tiene dudas de lo que digo? –preguntó una tarde, interrumpiendo la disertación, molesto por las miradas huecas de Ricardita y Alicia, y por la estridente pasividad de Childeberto, que al parecer dormía detrás de sus gafas oscuras.

–Es que lo explica usted todo muy clarito, santo varón –se apresuró a responder Ricardita, que había percibido en la pregunta algo de resentimiento.

–¿Y tú, Childeberto? –le preguntó directamente para comprobar que dormía, y ponerlo en evidencia ante esas mujeres que tanto lo admiraban.

Al oír su nombre, Childeberto se espabiló y dijo una cosa general para salir del paso:

–Ya sabe que yo siempre estoy con usted, santo varón.

–Vamos a dejarlo aquí, hoy no me encuentro muy fino –anunció el santo, fastidiado, aun cuando a su disertación le quedaban todavía quince minutos.

–¿Quiere que lo acompañemos al médico? –ofreció Ricardita muy solícita, mirándolo con unos ojillos donde había coquetería y mariposeo. Unos ojillos que unas semanas antes le hubieran hecho mucha gracia.

–No hay necesidad, hija mía, se trata de una indisposición de orden espiritual –aclaró el santo, e inmediatamente después se puso a mirar su libreta de notas, para hacerles saber que tenía trabajo y que deseaba estar solo.

Childeberto se quedó al final para decirle que necesitaba llevarse dos cajas del congelador. Y se lo dijo con una preocupante familiaridad, que lo hizo sentir de golpe el personaje en que empezaba a convertirse. Sin esperar a que le dijera que se llevara lo que necesitara, Childeberto fue a despacharse solo. Después, como si no estuviera en presencia de un santo, sino en la del encargado del almacén, le dijo «hasta la próxima», le dedicó media sonrisa viciosa y se encaminó por el pasillo. Desapareció cerrando la puerta de un golpe enérgico, sin decirle ni «santo varón», ni besarle los nudillos, ni nada.

En eso, precisamente, se había convertido el santo: en el encargado del almacén.

Childeberto y Julito aparecían a cualquier hora para guardar órganos en el congelador, o sacar los que necesitaban.

–¿De verdad crees que alguien podría necesitar el pie? –preguntó un día el santo a Childeberto. Con cierta angustia porque ya se había aficionado a mirarlo y a hurgarlo con la cucharita, y no le gustaba pensar que algún día podrían llevárselo.

–Nunca se sabe, estimado Empédocles –le respondió Childeberto, llamándolo directamente por su nombre de pila.

Una tarde su hermano irrumpió en su casa, con los ojos vidriosos y el cuello de la camisa torcido. Venía de comer y quién sabía cuántas cosas más con la directora general de Transporte Público.

–Podrías haber llamado antes –le dijo el santo en cuanto abrió la puerta–. ¿Y si hubiera tenido que salir?

–Tranquilo, Empédocles –le dijo su hermano, con una sonrisa donde había más de un coñac y, mientras echaba a andar por el pasillo rumbo a la cocina, se metió la mano al bolsillo de la americana y sacó un sobre, con el logotipo del Ayuntamiento, que agitó en el aire.

–¿Qué es eso? –preguntó el santo con temor, porque sospechaba que en dos minutos iba a estar metido en otro lío.

–¿Te queda aguardiente del Merecumbé? –inquirió el hermano, plantándose frente a la barra de la cocina.

Como no recibió una respuesta inmediata, dejó el sobre y se fue a buscar él mismo un vaso para servirse. Desde que Childeberto había aparecido en su vida, su cocina se había vuelto un abrevadero, y aquello, que para otro podría haber sido estimulante y divertido, al santo le parecía una pesadez.

–¿No crees que ya has bebido suficiente alcohol? –preguntó en lo que su hermano se servía un orondo chorro.

La respuesta fue una potente carcajada que llevó al hermano a palmotearle la espalda, con una crecida efusión fraterna. Luego, cambiando radicalmente de humor, con los ojos ya no vidriosos sino con un dañoso brillo, dijo:

–Ahora tú y yo tenemos que hablar muy en serio, Empédocles.

–Tú dirás –le respondió el santo.

La amenaza de hablar seriamente lo puso bastante tenso. Ya sospechaba, desde que lo había visto entrar, que de un momento a otro se le iba a complicar la vida.

–Ahora que tus talleres empiezan a consolidarse y que tus pupilos habrán desarrollado cierto afecto por ti, ha llegado la hora de ponernos a trabajar.

–Yo ya estoy trabajando –dijo el santo poniéndose en guardia, tratando de calcular por dónde podía llegarle el tiro.

Sin hacer ningún caso de esa puntualización, el hermano comenzó a explicar que el alcalde estaba preparando su campaña, cosa que ya le había dicho antes, y que necesitaba todo el dinero que pudiera recolectar durante su último año de gestión. Le contó que lo de los órganos, por su conveniente opacidad, tenía al alcalde muy entusiasmado, tanto que había decidido multiplicar el negocio, y esto quería decir: más piezas, más clínicas, más trasplantes, mucho más dinero.

Eso dijo su hermano, mirándolo como si fuera un votante de su partido político al que tenía que convencer. El santo vio en esa mirada, por primera vez, lo que de verdad era su hermano: un tigre de la política acostumbrado a ganar por *knockout* todos sus asaltos. Aunque estaba esperando el momento en que iba a asestarle la puñalada, el santo no pudo reprimir la pulsión de orgullo, de admiración por ese hombre que no se detenía ante nada a la hora de cumplir con sus objetivos, fueran estos amantes, dinero o negocios turbios. Sin darse cuenta, mientras oía a su hermano explicar el nuevo rumbo que tomaría aquella delirante empresa, dejó entrar el germen que iba a operar en él una metamorfosis. Más tarde se defendería pensando que esa admiración que había sentido por su hermano no había sido más que la repetición del patrón paterno: aquel cura de barrio veía en su hijo menor la salvación de su estirpe, porque al santo no le veía ninguna posibilidad de salvación. Mientras su hermano comenzaba a descollar en las juventudes de su partido, el santo permanecía en casa, había abandonado la universidad, era un joven lerdo, perezoso, solitario y quizá, desde el punto de vista del cura, hasta un poco idiota.

–Lo que necesitamos que hagas, Empédocles, es lo siguiente –le dijo su hermano mirándolo con esos ojos que acababan de conquistarlo, o mejor, de colonizarlo–: busca entre tus pupilos, con toda la discreción posible, algunos que quieran vendernos un riñón.

Y después de soltar esta bomba se quedó esperando a que el santo dijera algo, y cuando el silencio se hizo ya demasiado impráctico, agregó:

–¿Qué opinas?

–¿Quieres decir vendernos su propio riñón? –preguntó el santo, aturdido.

–Sí –dijo el hermano con toda naturalidad–. Se trata de una simple operación de compraventa, como quien necesita dinero y vende su sangre, o su esperma... o su riñón.

–¿Y por qué, si tienes toda la ciudad a tus pies, no haces esto en cualquier otro sitio? –balbuceó el santo, todavía tratando de digerir lo que acababa de oír.

–Porque tus pupilos confían en ti, y además pertenecen al lumpen, son todos muy pobres, viven al margen de la ley, legalmente no existen, muchos no tienen ni familia ni amigos y nadie va a hacerles caso si llegan a denunciarnos.

Y, dicho esto, se bebió de golpe lo que le quedaba en el vaso, y añadió:

–Quién sabe, igual hasta le haces un favor a esta gente. A veces es más útil el dinero que un riñón.

El santo pasó los días siguientes arrastrando la encomienda de su hermano. Hacía sus rondines por el barrio como un sonámbulo. Evitaba entrar en el burdel, se sentía frágil, tan volátil que le daba miedo pegar un traspié que lo hiciera caer entre los muslos de una pindonga. Evitaba el burdel, pero una mañana acabó cayendo en el mercado. ¿Qué es un líder espiritual si no frecuenta a su grey? Este fue el pensamiento que lo animó a entrar.

Antes de llegar al puesto de Mayola y Jesús Andrés, tuvo que resistir los gritos de costumbre. Les había conocido últimamente tantas cosas a los pescaderos que prácticamente le parecían dos desconocidos. No podía hacerse a la idea de que esa mujer llevara años revolcándose secretamente con Childeberto. Como tampoco podía creer que Jesús Andrés lo ignorara. Les hizo un poco de conversación rutinaria y aceptó el filete de congrio que le regaló Mayola, luego de ver como ponía su mano amorosamente sobre el animal muerto, mientras con la otra le rajaba el vientre. Conforme Mayola hundía el cuchillo en la carne del pescado, iba escapando por la raja una lava azul cobalto. A la hora de despedirse, Jesús Andrés le dedicó una mirada neutra que, en la efervescente imaginería lúbrica que la mano de Mayola acababa de desatar en su cabeza, le pareció que era la mirada de quien sabe que el otro sabe, y no le gusta que lo sepa. Una mirada que iba en contra de la complicidad, y que más bien era un reclamo, un anticipo de reproche, un «no vayamos a decir nada para que todo siga como está». En cambio Mayola, después de rajar con maestría el vientre del pescado, lo miraba desafiante, o quizá era el santo quien le endilgaba esa mirada. Al darle el filete de congrio envuelto en un papel blanco satinado cayó sobre el antebrazo del santo una lluvia diminuta de escamas.

La nueva encomienda de su hermano cobró toda su dimensión en cuanto llegó al albergue. Sus pupilos lo veneraban. En esos meses se había convertido en el único punto fijo de sus vidas. Según le habían ido contando, cada uno a su aire al final de la disertación, todo lo que recibían durante la semana era el maltrato sistemático de la ciudad. Los maltrataba la policía, el que les daba de comer en el albergue, el ciudadano común, el marido o la mujer, el tío, el cuñado. Todos sufrían un maltrato asfixiante que, según le habían ido confesando al santo, se interrumpía durante la hora que duraba su disertación. El santo los trataba bien, les daba pistas, claves astrales, les regalaba frases célebres, lineamientos de tarot y una útil papilla de conceptos junguianos. Pequeñas alcayatas emocionales que les servían para agarrarse, mientras el torrente de la vida les pasaba por encima.

El santo tardó varias sesiones en animarse a pedirles eso que su hermano, cada vez con más vehemencia, le exigía a él.

Un día se atrevió a decírselo a Celso, un hombre mayor que iba siempre con una gorra de béisbol roja llena de lamparones. Se atrevió porque Celso le había contado un día que, para salir de un apuro económico, había vendido a una clínica dos litros de su sangre. Se atrevió con él por esta razón, porque ya había experimentado ese tipo de comercio, pero también porque era un hombre mayor y le quedaban menos años para ir por la vida mutilado. Pero sobre todo lo hizo porque la frase que le había dicho su hermano había calado en su ánimo y empezaba a escorarle el punto de vista. «A veces es más útil el dinero que un riñón», le había dicho, y él, luego de contrastar la frase con la miseria que desbordaba su taller espiritual, había empezado a pensar que tenía razón. Así que al final de la sesión le pidió a Celso que se quedara un momento, le dijo que quería proponerle algo que podía interesarle. Celso se sentó en un banco frente a él, con mucha expectación y con la gorra lamparoneada sobre las rodillas. El santo hizo un breve prólogo mientras iba de un lado a otro, moviéndose nerviosamente. Le dijo que había una clínica que pagaba muy bien por ciertas donaciones y que como él, en alguna ocasión, le había hablado de que había vendido dos litros de su sangre, a lo mejor la oferta le parecía atractiva.

–¿Quieren sangre? –preguntó Celso, acariciando nerviosamente la visera de su gorra.

–No exactamente –dijo el santo, ahora sentado en la tarima por donde hacía unos segundos se paseaba con los velos al aire.

Celso se le quedó mirando, esperando que le explicara cuál era exactamente la oferta y él, poniéndole una mano cariñosa en la rodilla, le dijo:

–La clínica está interesada en los riñones.

Y al decir esto el santo se tocó la parte baja de la espalda, la zona donde iban a hacerle el tajo.

–¿Y cuánto me van a pagar? –preguntó Celso con un gesto hermético, que no le permitía al santo calcular si la propuesta le parecía interesante, o si le estaba molestando u ofendiendo.

En cuanto el santo dijo la cantidad, Celso se puso rápidamente la gorra, como si fuera a echarse a correr, pero en lugar de eso le dijo un lacónico:

–Está bien.

–¿Quieres decir que aceptas?

–Sí.

Atenazado por la culpabilidad, el santo comenzó a decir:

–Me gustaría que te lo pensaras bien, porque, como puedes suponer, en la amputación de un órgano no hay vuelta atrás…

–No se preocupe, padrecito –lo interrumpió Celso, posando su mano recia sobre la rodilla del santo–. Estoy convencido, necesito el dinero, me hace más falta que el riñón.

En aquel razonamiento el santo vio la señal de que, por áspero y brutal que fuera el proceso, su hermano no se estaba equivocando.

Lo siguiente fue poner en contacto a Celso con Childeberto, por medio del teléfono móvil que le habían asignado para ese menester.

Celso acabó yéndose con Julito, sumamente impresionado porque nunca había sido llevado a ninguna parte por un piloto de avión. Aquello había sido, según le confesó en la siguiente disertación, «como haber volado». Y mientras lo decía, muy sonriente y se diría que hasta relajado, el santo le miraba con disimulo el aparatoso vendaje que se le adivinaba debajo de la camisa.

Las disertaciones en los albergues habían tocado la vestimenta del santo. El material didáctico y el teléfono que le habían dado lo obligaban a colgarse un morral al hombro, y esto lo acercaba estéticamente a un hippie, de acuerdo con las cosas que habían empezado a decirle en el autobús.

El contacto con gente tan desvalida, la sólida fe que le profesaban sus pupilos de los albergues, seguía haciendo mella a la hora de impartir sus disertaciones para la gente de su barrio, en su propio templo. Hacía semanas que Ricardita y Alicia lo aburrían mortalmente, y la oscilante presencia de Childeberto, que llegaba cada vez con más cajas, se había convertido en una monserga.

–¿Y de dónde sale últimamente tanto riñón? –preguntó el santo una tarde a Childeberto, escandalizado por la cantidad de órganos que había en su congelador y que él, desde luego, no había conseguido.

–Es que nos hemos asociado con la mafia rusa –respondió Childeberto y, como si su revelación hubiera sido una simpleza que no necesitara más explicación, preguntó–: ¿No le queda un poco del aguardiente del Merecumbé?

–¿La mafia rusa? –preguntó el santo, asombrado, pero como a Childeberto lo que le importaba era la botella no le respondió, se lo quedó mirando expectante, sin decir nada.

–Si quieres beber alcohol tráelo tú mismo. El que había se lo acabó mi hermano –dijo el santo, y luego retomó el hilo de la conversación–: Y ahora explícame qué es eso de la mafia rusa.

–Su hermano –comenzó a decir Childeberto, con el rancio mohín que le había dejado la ausencia de aguardiente–

piensa que la forma más rápida de hacer crecer el negocio es incluyendo a los rusos.

–¿Y qué dice el alcalde?

–El alcalde está encantado, a él lo que le importa es juntar la mayor cantidad de dinero para su campaña. Dice que los órganos, y algunas otras cosillas que maneja por otro lado, son un negocio más discreto que ensanchar las aceras o cambiar el mobiliario del alumbrado público, cosas que ya ha hecho dos o tres veces durante su legislatura.

–¿Y qué otras cosillas maneja?

–Varias; por ejemplo, la exportación al Este de coches robados, o la exportación de órganos. Pero lo verdaderamente sustancioso es la prostitución y las drogas.

–Ya veo –respondió el santo, francamente impresionado, y horrorizado, con la visión empresarial del alcalde.

–Y por cierto –dijo Childeberto–, su hermano me ha pedido que traiga a las rusas a sus disertaciones vespertinas.

–¿A las rusas?

–Sí, ya sabe usted, los mafiosos rusos van siempre con un séquito de damas rusas.

–¿Y?

–Pues que están todo el día aburridas en su casa, y su hermano les ha contado de usted y se han entusiasmado.

–Pero si yo no hablo ruso.

–No importa, su hermano tampoco y ya ve qué bien se hace entender.

Y, dicho esto, Childeberto anunció que tenía que irse, y que la próxima vez llevaría un par de botellas de aguardiente.

La noticia de Childeberto lo dejó apesadumbrado. Justamente cuando empezaba a tener dudas sobre sus disertaciones vespertinas, le anunciaba aquella extensión del grupo.

Mientras rumiaba el conflicto que acababa de caerle encima, sacó del congelador el Tupperware del pie, lo destapó y comenzó a hurgarlo con la cucharilla, ansiosamente, lleno de morbo, listo para recibir el voraz cosquilleo.

Al día siguiente, haciendo un esfuerzo supremo, de esos que acaban apuntalando la personalidad de un santo, pasó a visitar el burdel. Tenía que darle un dinero a su prima. «Tu hermano me ha contado que te estás haciendo rico y yo quisiera pedirte un dinerillo», le había dicho por teléfono, y luego había amenazado con pasar ella misma a recogerlo. Pero era casi medianoche y ella se oía bastante bebida, y el santo, tomando en cuenta el mar de dudas por el que atravesaba, pensó que tener a Madame Erotikón con su vulva talqueada, borracha y erotizada en su casa, iba a ser una tentación que, en esa temporada de alta volatilidad, difícilmente podría resistir.

–¡Albricias, santo varón! –gritó Escolapio, el conserje, abriendo exageradamente la boca y dejando expuesta, por la forma en que arrugó los labios, la doble naturaleza de su bigotito, que también podía ser una ceja.

–Buenos días, hijo mío –le dijo el santo, tratando de abstraerse de aquella duplicidad que acababa de detectarle en el rostro.

Escolapio era un hombre mayor, ajado y pequeñito, parecía un enano de piedra de esos que decoran los jardines. Iba siempre sumamente atildado, con una americana azul marino de botones cruzados y un pañuelo rojo despuntando en el bolsillo. El atuendo preciso que requería el conserje de un burdel.

El santo pasó directamente al escritorio de Garamoña, a preguntarle por su prima.

–Está atendiendo a un cliente –le dijo sin dejar de practicar, con el extremo chato de un bolígrafo que golpeaba contra la mesa, un ritmo anárquico de su invención.

–La espero –dijo el santo, y se fue a sentar al sillón, a hojear otro número de la revista de oportunidades inmobiliarias en la campiña.

La revista era perfecta porque, en lo que pajareaba las fotografías de cabañas y mansiones en el campo, iba reflexionando sobre la rapidez con la que estaba cambiando todo en su vida. Tenía la sensación de estar corriendo a toda velocidad, sin moverse del mismo sitio. Lo que se movía en realidad era el mundo que lo rodeaba, y eso, por más que tratara de ignorarlo, era también moverse.

Simultáneamente, el santo observaba los movimientos de la casa. Algo inevitable porque ese mediodía experimentaba una rara hiperactividad. En cosa de cinco minutos habían entrado tres rubias, cada una por su cuenta, y habían pasado al interior con la sonriente complicidad de Garamoña.

Hacía días que no pasaba por el burdel, y en ese tiempo, según empezaba a observar, había habido cambios. Las mujeres del congal habían sido tradicionalmente morenazas de corte latino, y aquellas rubias eran largas, delgadas y provenían, evidentemente, de otra latitud. Justamente cuando empezaba a darse cuenta de lo que estaba pasando ahí, cuando comenzaba a asociar los movimientos del entorno con lo que le había dicho Childeberto la noche anterior, Garamoña, que no dejaba de observarlo, le dijo algo haciéndose casita en la boca con una mano, para que no la oyera Escolapio, que estaba ahí a unos metros, ocupando su banco alto, desde el que daba la bienvenida a la clientela, y escarbando con un palito la suela de su zapato porque, como les explicaría unos momentos más tarde, había pisado en la calle una caca de perro.

–Son rusas –articuló Garamoña en silencio, protegiendo con la mano el movimiento de sus labios, que eran demasiado gordos para su rostro afilado a punta de bisturí.

Madame Erotikón tardó media hora en salir, y lo hizo acompañada de un empresario que el santo acababa de ver en un noticiario de televisión, hablando de una fundación humanitaria que patrocinaría con las ganancias de su fábrica de podadoras y tijeras para jardín.

Antes de que su prima pudiera decirle nada, y procurando evitar que se le arrimara mucho, el santo le dio el sobre con dinero que le llevaba. Madame Erotikón le dedicó una gran sonrisa en lo que se guardaba el sobre entre los pechos. La maniobra puso nervioso al santo, sobre todo porque iba aderezada por ese olor a sexo con talco, tan característico de ella, que él visualizó como la cara blancuzca de un mimo. Para mostrar lo agradecida que estaba, Madame Erotikón le cogió la mano derecha y se la besó apasionadamente. El santo, mareado por la visión de los pechos y por los efluvios del sexo con talco, vio que su prima, que se eternizaba agachada en aquel apasionado besamanos, se estaba quedando calva.

Orillado por la presión a la que lo sometía su hermano, el santo comenzó a hacer más contactos con sus pupilos del albergue. Gente con el perfil de Celso, hombres o mujeres no muy jóvenes, para que no tuvieran que cargar demasiado tiempo con su mutilación.

Pronto comprobó que la mayoría estaban dispuestos y que todos los que aceptaban quedaban, una vez que los habían intervenido y que les habían pagado la cantidad prometida, muy agradecidos.

Su hermano estaba muy contento con el trabajo, y llegaba periódicamente con un sobre de dinero que el santo guardaba, sin abrir, en el cajón de la cocina.

–Ya podría, con el dinero que me pagas, pagarme yo el alquiler –le dijo un día a su hermano.

–No, el alquiler lo pago yo, las cosas han cambiado y ahora necesito disponer de esta casa.

Aquellas palabras pronto adquirieron todo su escabroso significado.

Childeberto apareció, a la hora de la disertación, con el trío de muchachas rusas, rubias, altas y delgadísimas que el santo había visto en el burdel. Las tres, por alguna razón, por la túnica y las barbas probablemente, comenzaron a llamarlo «pope». «Pope» para acá, «pope» para allá, era todo lo que decían las rusas, bajo la mirada complaciente, aunque tuerta y enmascarada por las gafas oscuras, de Childeberto.

–Pero si es evidente que estas rusas no entienden nada de mi disertación –le dijo el santo a Childeberto al final, cuando ya se habían ido Ricardita y Alicia, y él se había acomodado en la barra, después de reacomodar en el congelador las piezas que había traído, y de servirse un vaso del aguardiente que él mismo había llevado.

–Ellas no vienen a entender, Empédocles, sino a pasarlo bien. ¿O no, muchachas? –les dijo a las rusas, que seguían ahí, sonrientes y al margen de la conversación.

En lo que se bebía dos aguardientes le contó que los rusos le habían pedido que no les quitara los ojos de encima, porque moscones y pretendientes no iban a faltarles. También le dijo que compartía esa responsabilidad con las chicas del burdel, que las rusas andaban por ahí toda la mañana para aumentar el caché del negocio, sin que nadie les pusiera las manos encima.

–Porque, aunque usted no lo crea, estas chicas son vírgenes –advirtió Childeberto tirando de las puntas de la bufanda, para que esta presionara los pliegues de la papada y él ganara cierta prestancia.

–Por qué no voy a creerlo, Childeberto, si yo a mis años prácticamente también lo soy.

–Ya, ya, Empédocles, pero no va usted a negarme que la virginidad de estos angelitos es más difícil de resguardar que la de usted.

Al día siguiente el santo bajó a hacer su rondín espiritual por el mercado. Estaba empeñado en aferrarse a su rutina de siempre, prefería ignorar que todo empezaba a ponerse patas arriba. Después del tradicional griterío que acompañaba habitualmente su caminar por los pasillos, llegó al puesto de Mayola y Jesús Andrés. Vio con desconcierto que una de las rusas, que ya era su pupila, fileteaba un pargo, vestida con un delantal blanco y un gorro, seguramente de Mayola, que le quedaba bastante pequeño a su regio y hermoso cabezón.

–¿Qué le parece mi nueva asistenta? –le dijo Jesús Andrés con una sonrisa que no le había visto nunca.

Mayola explotó inmediatamente:

–Ni te hagas ilusiones, cabrón, que si le pones una mano encima te cortan los huevos y te los retacan en la boca, para que no puedas pedir ni auxilio.

La imagen propuesta por Mayola, desproporcionada y completamente fuera de lugar, hizo pensar al santo que Childeberto, en alguna de esas tórridas sesiones que compartían desde que Julito era un niño, la había puesto al tanto de los usos y costumbres de la mafia rusa.

–¿Por qué le hablas con tanta violencia a tu marido, hija mía? –le preguntó, porque era su deber como líder espiritual, y también porque le daba pena la cara que había puesto Jesús Andrés al considerar la posibilidad de su castración salvaje, y de su abultada mudez.

–Perdóneme usted, santo varón –dijo Mayola con un cuchillo en la mano–, pero esta mujer que vino a encargarnos el compadre nos ha hecho la mañana imposible. Todos los machos del mercado han pasado a probar suerte por aquí, y ella les regala unas sonrisas que no precisamente los desalientan.

Y para acentuar su desaliento, Mayola sacudió pesarosamente la cabeza y provocó que de su pelo cayera una línea brillante de escamas.

–La verdad, santo varón, es que estoy muy enfadada –gruñó Mayola, y luego, en un gesto furibundo y súbito, arrojó el cuchillo contra la tabla.

El ruido que provocó hizo voltear a la rubia, que, por el barullo natural del mercado, todavía no había reparado en la presencia del santo. Al toparse con sus ojos, gritó:

–¡Pope!

Nadie le quitaba a la rubia los ojos de encima, y todos los que estaban a su alrededor oyeron el sonoro mote que con tanto sentimiento le había dedicado. De no ser por el respeto que imponía su deslumbrante belleza, hubieran premiado al santo, una vez más, con una de esas lluvias de frutas y verduras y vísceras putrefactas que lo obligaban a refugiarse debajo del puesto de Mayola y Jesús Andrés. Lo que le cayó a cambio fue una tupida lluvia verbal con las perlas de costumbre. Bajo ese inspirado chaparrón de majaderías, palabrotas, imágenes zafias, rústicas onomatopeyas y bárbaras ordinarieces, con un filete de congrio envuelto en la mano, que Jesús Andrés le había deslizado deprisa, salió del mercado, con la frente alta y el ánimo por debajo del ombligo, limpiándose de las barbas las semillas de una guayaba que algún barbaján, en el último segundo, cuando estaba a punto de alcanzar la calle, le había lanzado.

Esa tarde, Childeberto llegó con las tres rusas, más el añadido de Julito y su hermano. La entrada se hizo con tal ímpetu que el santo tuvo que parar en seco lo que estaba tratando de explicar: los nexos entre el arcano XVII del tarot, La Estrella, y la constelación de Osiris.

–¿Qué es esto? –preguntó el santo desconcertado, pero era tal el escándalo con el que irrumpían que nadie oyó su pregunta. Apoyándose en la mirada de desconcierto que le dedicaban Ricardita y Alicia, gritó–: ¡Childeberto, un poco de respeto, por favor, que estamos a media disertación!

El grito cortó de golpe el barullo y obligó a Childeberto a pronunciarse:

–Perdone usted, Empédocles –dijo poniendo una pila de Tupperwares encima de la barra de la cocina. Luego, como si no se tratara de una cosa muy evidente, aclaró–: He traído unos amigos que son también amigos de usted, espero que no le moleste.

–Claro que no, hijo mío, bienvenidos, cojan unos cojines y acomódense por aquí –dijo el santo esforzándose para que no se notara el desasosiego que le producía la presencia de su hermano en el templo.

Sabía perfectamente lo que su hermano pensaba de él, sabía que su oficio de santo no tenía ningún crédito ante sus ojos, y que no le veía más utilidad que la de mantenerlo distraído, ocupado, lejos de su oficina en el Ayuntamiento. Recordó lo que le había dicho su hermano, no hacía mucho, con su habitual crueldad: «No te equivoques, eres santo porque eres incapaz de enfrentarte al mundo. Tu quehacer tiene más que ver con la debilidad que con la fortaleza. Papá era un hijo de puta pero era fuerte, sabía lidiar con los dos mundos, y a ti, Empédocles, te asfixia la burbuja en la que vives».

Así que en cuanto su hermano se acomodó en un cojín amarillo, detrás de una de las rusas, a mirarlo con un fingido interés, se sintió bastante perdido, empezó a confundir Osiris con Capricornio y se hizo un lío con los arcanos mayores del tarot, del que logró salir sin que, al parecer, se diera cuenta nadie. Cinco minutos más tarde, cuando los ojos de su hermano comenzaban a ir de la melena a los omóplatos, y de la espalda al hueso sacro de la rusa que tenía enfrente, pudo recuperar la concentración y la fluidez en su discurso. Capricornio volvió a ser Osiris y el arcano XVII recuperó su protagonismo, e incluso en algún momento se atrevió a llamarle la atención a Childeberto, porque daba unos ostentosos cabezazos de sueño que terminaban amortiguados por el espesor de su bufanda. También hizo referencia a esos hombres que contemplan el cuerpo de las mujeres, en lugar de mirarles el rico interior. La referencia entusiasmó a Ricardita y a Alicia, pero su hermano ni la oyó por estar admirando el fascinante exterior de la rusa.

Las rusas, por su parte, no hacían más que mirar al santo y sonreírle cada vez que se topaban con su mirada. Tanta devoción lo tenía conmovido, aunque no entendía qué historia podía haberles contado su hermano, ni en qué lengua podría haberlo hecho. Julito se había sentado al lado de Alicia, pero diez minutos más tarde se había ido al baño y ahí había permanecido hasta el final de la disertación.

El santo tocó la puerta para averiguar si necesitaba ayuda, llevaba demasiado tiempo dentro y empezaba a preocuparse. Julito salió un poco confundido explicando que se había quedado traspuesto en el retrete, quizá a causa de algún desajuste provocado por los cinco vuelos semanales, de ida y vuelta, que le imponía su línea aérea. Mientras explicaba esto, pasándose la mano por la mejilla y luego tratando de aplacarse un gallo que le salía de la cabellera, el santo notó que el uniforme de piloto gustaba bastante a las rusas, que no paraban de mirarlo y de decirse cosas y de reírse con cierto nerviosismo. Cuando Julito terminó de hablar se hizo un silencio que Ricardita y Alicia aprovecharon para anunciar que se iban, y que volverían para la siguiente disertación. Luego cada una le plantó al santo un beso en los nudillos.

–Muy buena tu disertación, Empédocles –dijo el hermano, con una sospechosa seriedad, mientras abandonaba su cojín amarillo.

–Celebro que te haya gustado –respondió el santo tratando de no reblandecerse ni de bajar la guardia.

Los bufidos que producía Childeberto en su intento por abandonar el cojín y ponerse de pie llenaban el salón. Si la paternidad de los bufidos no hubiera sido tan patente, podría haberse pensado que salían de un animal nervioso, paticorto y opulento, como el pecarí.

–¿Y qué los trae a todos por aquí? –preguntó, ansioso y expectante, el santo.

Su hermano se acercó a la estantería para coger tres vasos, para él y sus cachanchanes. Mientras servía los tragos hizo un chiste procaz sobre las rusas, que no hacían más que mirarlos, y, una vez que amainaron las carcajadas, explicó que el alcalde estaba muy contento con el trabajo del santo y que, de seguir así, seguramente podría formar parte del equipo cuando el alcalde se convirtiera en gobernador. El alcalde, dijo, era un hombre leal, aliado de sus aliados, que sabía agradecer el esfuerzo, la dedicación y la entrega de la gente que trabajaba para él. Y todo eso lo dijo con la entonación y el sonsonete que hubiera utilizado un político al inaugurar un mercado o un polideportivo.

El santo no dijo nada. Colaboraba con su hermano porque no tenía otro remedio, y lo que de verdad le apetecía era regresar a su vida simple, a su gratificante rol de líder espiritual del barrio. No le interesaba escalar posiciones en el organigrama del gobierno. Pero no dijo nada porque era inútil, sabía que terminaría plegándose a las necesidades de su hermano.

–¿Y las chicas rusas no querrán un poco del aguardiente del Merecumbé? –preguntó el santo a Childeberto, porque el trío de rubias no dejaban de mirarlos y empezaban a ponerlo nervioso; quería que se distrajeran con algo.

–Ya le he dicho, Empédocles, que son vírgenes –respondió Childeberto muy dogmático, con el dedo índice de la misma mano con la que cogía el vaso levantado.

–¿También son vírgenes del alcohol?

–Vírgenes de todo a todo –zanjó, y con el mismo dedo índice que había dejado suspendido en el aire se subió el puente de las gafas oscuras, porque ya empezaba a quedarle el ojo vagabundo al descubierto.

–Te veo muy callado, Julito, ¿pasa algo? –le preguntó el hermano después de servirse un segundo fogonazo de aguardiente.

–Nada, pensaba en unas cosas muy gordas que le dije ayer a Rusticiana.

–¿Qué cosas? –le preguntó el hermano con su tono más acusado de líder moral del grupo.

–Cosas mías –dijo Julito, un poco arrepentido de haber abierto esa conversación.

–¡Venga, Julito, cuéntanos, que somos como de la familia! –vociferó el hermano con gran festividad, rellenándole su vaso de aguardiente.

–Cosas sobre un piercing que quiere practicarse en el ano –confesó Julito.

–¿En el ano?

–Sí –respondió Julito mirando a Childeberto, que notoriamente estaba al tanto–. Es una idea que le metió en la cabeza el médico que nos compra los órganos, y además...

–¡Ya está bien, por favor! –interrumpió el santo con un grito que provocó un silencio, no muy extendido porque su hermano, que era un ejecutivo acostumbrado a resolver los asuntos rápidamente, soltó sin venir a cuento:

–Estamos muy comprometidos con los rusos, Empédocles.

–¿Y? –preguntó el santo temeroso, porque ya veía venir el ramalazo.

–Que hay que redoblar esfuerzos en tu departamento.

–¿Qué departamento?, ¿de qué estás hablando?

Julito y Childeberto se reían entre ellos. Parecía que gozaban por anticipado con lo que se aproximaba.

–El departamento de los órganos, Empédocles, ¿o qué otro departamento llevas tú?

–No me digas que quieres más piezas.

–Sí, quiero más piezas –dijo el hermano jugueteando con su vaso vacío, valorando la posibilidad de servirse otro trago.

–¿Y los rusos no pueden echarnos una mano? –preguntó el santo, que se sentía cada vez más molesto y desconcertado.

Los negocios de su hermano lo estaban desnaturalizando, lo estaban orillando a ser quien no era. ¿Y quién era él en realidad?, se preguntaba en medio de esa trifulca mental. De pronto tuvo la sensación, que le subió desde la cabeza del cóccix como un escalofrío, de que su hermano, al contrario de lo que había estado pensando todos esos meses, lo estaba convirtiendo en eso que en realidad era.

–Los rusos no quieren meterse en eso, es poco higiénico –comenzó a explicarle Childeberto–. Además, al comprar nuestras piezas para exportarlas a su país, lavan dinero del narcotráfico, porque el alcalde les da facturas, como si hubieran prestado una asesoría al Ayuntamiento, que necesitan para sus cuentas con la Hacienda rusa.

Aunque lo que estaba oyendo era monstruoso, era de un demoledor cinismo, no le produjo al santo ni agobio ni angustia, o sí, pero en un segundo plano, porque toda su atención estaba puesta en ese acontecimiento íntimo que lo tenía paralizado: había vislumbrado, durante el instante que había tardado el escalofrío en recorrerle la columna vertebral, la posibilidad de ser otro, el peligro de convertirse en eso que en realidad era.

–No queda más que ponernos a trabajar, Empédocles –dijo su hermano, que ya empezaba a acusar los efectos del alcohol, combinados con el cansancio propio de quien trabaja en una alcaldía, hace chapuzas con la mafia rusa y da batalla a su mujer y a dos o tres amantes simultáneamente.

El santo tuvo el impulso de decirle que renunciaba, que no quería seguir abusando de la gente de los albergues, pero no pudo articular ni una palabra. Algo en él empezaba a aflorar, algo que ya era suyo, que ya estaba ahí y que empezaba a asomarse, precisamente como el capullo de una flor. Lo que sentía era una especie de pavor, un enorme desconcierto de ver que su vida de santo, eso que a los cincuenta años era lo único que sabía hacer, comenzaba a resquebrajarse.

–Bueno, Empédocles, ya estás informado. A partir del lunes tendrás un albergue cada día –concluyó el hermano a manera de nota ejecutiva.

Luego se bebió de golpe lo que quedaba en su vaso y anunció que se iba. Al oír esto, Childeberto y Julito apuraron también su trago, porque se iban juntos a inspeccionar quién sabe qué garitos, o qué tugurios, o qué antros.

Con la prestancia de una acción militar, Childeberto y Julito se levantaron de un salto y siguieron al jefe, que avanzaba marcialmente hacia la puerta.

–Ya hablaremos, Empédocles –dijo su hermano antes de salir.

Antes de que el santo, sobreponiéndose a su pasmo, gritara:

–¡Un momento! ¿No están olvidando algo? –dijo el santo, señalando a las tres rusas que seguían mirándolo todo en silencio.

–Las chicas van a vivir aquí unos días –anunció su hermano desde afuera, asomando un poco la cabeza para que se le oyera–. Mañana viene la prima para llevárselas al burdel.

Y, dicho esto, se echó a reír a carcajadas, secundado por las risas explosivas de Julito y por un divertido estertor de asfixia que produjo Childeberto con el agujero de la traqueotomía, al ser obstruido por una pelusa de la bufanda.

La puerta se cerró y el santo se quedó solo con las tres rusas. Pensó que, si hubiera sido un católico devoto, podría haber tomado todo aquello como una prueba enviada por Dios. Pero no creía en Dios, y la fortaleza que le daba su condición de santo, que en infinidad de ocasiones lo había sacado a flote, pasaba por un momento de miseria. No era todavía hora de dormir, y lo único que se le ocurrió fue poner la televisión. Se sentaron los cuatro, en los cojines que seguían ahí tirados, a mirar un programa local de concursos que era rigurosamente universal. Había un tirano de corbata que regalaba un viaje al Caribe, o un automóvil, a quien fuera capaz de contestar una serie de preguntas truculentas. Una de las rusas, la que fileteaba pescado en el puesto de Mayola y Jesús Andrés, le hizo entender que tenían hambre. Dijo «Pope, pope», señalándose la boca y luego pasándose la palma de la mano por el estómago. Una mano que al santo le pareció la pieza más hermosa que había visto en su vida. Quizá esa apreciación se debía al contraste con el pie congelado, que últimamente había visto mucho, cada noche, pensó. La rusa le puso un dedo en la barriga y dijo: «Pope». Después se señaló el esternón con ese mismo dedo y dijo: «Irina».

Lo único que encontró para alimentarlas fue leche y un paquete de cereal, que distribuyó sobre la barra en tres platos desiguales. Trató de explicarles, a señas y con alguna que otra palabra en inglés, que al día siguiente hablaría con Childeberto para que llevara bastimentos. Después volvieron a sentarse frente al televisor. Más tarde Irina pidió permiso, también a señas, para utilizar el ordenador; «Facebook», dijo en lo que señalaba el aparato con su hermosísimo dedo índice.

Se arremolinaron las tres frente al ordenador y, por primera vez, comenzaron a hablar entre ellas en su lengua. El santo se quedó, durante una hora, en un beatífico aislamiento. Escribió algunas notas. Trató de ordenar, en una visión panorámica, todo aquello que le estaba sucediendo. De manera prácticamente insensible comenzaba a desmontar su proyecto de santidad. ¿Qué clase de santidad es aquella que puede desmontarse?, ¿no es la santidad consustancial al santo?, ¿los santos son siempre santos absolutos? Mientras las rusas se divertían con el ordenador, viendo cosas que las hacían desternillarse o soltar exclamaciones de asombro, el santo descompuso su cama en dos colchones y, en lo que le daba vueltas al porcentaje que le quedaba de santidad, puso tres mantas para que las chicas durmieran ahí. El arreglo quedó estéticamente muy cerca de la camita de un perro, pero era todo lo que podía ofrecer. Él dormiría en el sillón, o regresaría al trastero, ese espacio mínimo, entre cuartito y armario, donde dormían su hermano y él cuando vivían con sus padres. Les dijo a señas, cuando llegó el momento de mostrarles su habitación, que al día siguiente hablaría con su hermano para que resolviera esa situación cuanto antes. Un empeño absurdo, porque no entendieron nada de lo que trataba de explicarles, o quizá sí; todo era nebuloso y muy confuso. Después de ir pasando por turnos al baño, las rusas se encerraron en la habitación. No llevaban ni maleta, ni pijama, ni cepillo de dientes ni nada. Su hermano, echando mano de la inspiración que le habían insuflado tres vasos de aguardiente africano, había improvisado dejarlas ahí, y eso lo hizo calcular que al día siguiente enviaría a alguien con las maletas de las chicas.

Puso a hervir agua para preparar una infusión. Miró la calle por la ventana; eran casi las once y no había ni un alma. Lo que había era una intensa soledad que inmediatamente identificó como cosa suya, como la metáfora de lo que le estaba sucediendo. Se sentía completamente solo, a merced de su hermano y de sus dos hampones, que no le tenían ninguna consideración. Se sentó frente al televisor a beber la infusión.

Miró distraído un programa sobre algún pueblo de Marruecos. Se veía una gran plaza llena de gente y de comercios, y de puestos con los productos que vendían extendidos sobre unas mantas. De pronto la cámara enfocó a un hombre de barba vestido con una especie de túnica. Tenía una mano estirada para que alguien le pusiera una moneda o algo de comida. Era un mendigo ciego que murmuraba una letanía que solo interrumpía cuando le ponían algo en la mano. Aunque veía la televisión sin verla, y más bien pensaba en los drásticos giros que estaba dando su vida, se sintió profundamente perturbado por aquella imagen, y al cabo de un rato se quedó dormido, ovillado en el sillón como un gato viejo.

Al día siguiente, en lo que las rusas se daban un largo baño colectivo lleno de risas chispeantes, el santo salió a dar un rondín de emergencia para conseguir bastimentos. Su hermano le había dicho por teléfono, con una voz que se arrastraba para salir del pozo donde la tenía cautiva una resaca magna, que en la tarde llegaría Childeberto a resolver «los flecos del operativo». Aquella frase puso las cosas en su sitio: él guardaba restos humanos en el congelador, había reconvertido su cocina en un bar donde todos bebían menos él, se había dejado enredar con el asunto de los albergues y ahora era un miembro distinguido de la mafia rusa. Todo aquello cobró un sentido cristalino cuando su hermano lo englobó en la palabra «operativo». Él era eso: una pieza del operativo de la alcaldía. Todo cuadraba a la perfección, lo único que estaba fuera de lugar en ese operativo era, precisamente, su condición de santo.

Con ese runrún bajó a conseguir algo para el desayuno. En la panadería, como la cantidad que pidió resultaba sospechosa para un santo frugal, explicó que tenía unas primas en casa. Pero en cuanto intentó pagar la panadera se escandalizó, tenía muy claro que los santos no pagan, y aquella era una cortesía extensible a las primas del santo. Lo mismo, más o menos, pasó con la señora de los huevos. Como sus vecinos, a pesar de la cantidad que pedía, insistían en no cobrarle, y él no pretendía abusar de ellos, mejor optó por ir a tocar a casa de Mayola y Jesús Andrés, que en buena medida eran también responsables de la situación.

–¿Qué hace usted aquí, santo varón? –preguntó Mayola en cuanto abrió la puerta con un café en la mano.

Acababa de salir de la ducha, tenía el pelo mojado y, no obstante, en el lado izquierdo de la cabellera le relumbraba un puñito de escamas.

–Childeberto me ha dejado a las rusas en casa y necesito alimentarlas –dijo el santo directamente y sin prolegómenos.

Mayola lo miraba con una profunda comprensión. Probablemente Childeberto, mientras la montaba como un resoplante cebú, la había puesto al tanto. En cuanto iba a decirle algo comenzó una refriega en la habitación de Julito. Gritos destemplados, cosas que se rompían contra la pared, el habitual paisaje sonoro de una pareja que discute y que ha llegado al umbral de la agresión física.

–Julito y Rusticiana discutiendo sobre el dichoso piercing –apuntó Mayola, resignada–. Esa mujer va a volverlo loco.

–Pero si yo lo veo muy centrado con su uniforme de piloto –dijo el santo, por defender un poco a ese pupilo al que había sacado del infierno del alcohol y las pastillas.

–Mire, me tengo que ir a abrir el puesto –anunció Mayola poniéndole su taza de café en la mano–. Pero pase, Jesús Andrés está en la habitación, pídale lo que necesite.

Y, dicho esto, se fue deprisa escaleras abajo, y lo dejó ahí con el café y con la ensordecedora zacapela que había en el cuarto de Julito. Puso la taza encima de la mesa y dudó un momento si intervenía o no en la bronca, que tenía toda la pinta de ser a muerte. Concluyó que Julito y Rusticiana eran personas mayores y que intervendría solo si oía gritos de auxilio o estertores agónicos.

Tenía una sensación extraña, no había vuelto a esa casa desde los tiempos de adolescencia loca de Julito, y le parecía que todo seguía exactamente igual. Los mismos sillones amarillos y el mismo payasito de Lladró presidiendo la mesilla. Le pareció un milagro que esa pieza hubiera resistido las *performances* bárbaras de Julito. «Qué tiempos aquellos», iba pensando el santo en lo que oía los demenciales alaridos del Julito contemporáneo, que se mezclaban con el sonido del televisor que Jesús Andrés tenía encendido en la habitación. Tocó la puerta un par de veces, la segunda con más fuerza que la primera y, como el escándalo no lo dejaba oír nada, abrió. Lo que vio lo dejó inmóvil, sin saber qué hacer, y sin embargo gritó, para imponerse al sonido del televisor y a los atronadores alaridos de Julito:

–Pero ¡qué haces! –le dijo al pescadero, que estaba despatarrado encima de la cama, con el rostro cubierto por unas bragas moradas y sacudiéndose el sexo con desesperación.

–¡Empédocles! –gritó sorprendido el pescadero y brincó fuera de la cama, tapándose el sexo con una almohada–. Hay que llamar antes de entrar a la habitación de alguien –dijo muy ofuscado, mientras retiraba las bragas moradas de la vista del santo.

En la televisión, una señora cansina hablaba del trasvase de un río.

–Perdona, Jesús Andrés –se disculpó el santo–, pero he tocado y no me oías.

Un minuto más tarde salió el pescadero amarrándose un batín a la cintura y, ya en un tono mucho más sosegado, le preguntó:

–¿Y qué puedo hacer por usted, santo varón?

Julito también se había sosegado, se oía su voz hablando con tranquilidad, y de fondo el llantito lastimero de Rusticiana.

–Los muchachos me han dejado a las tres rusas en casa y necesito bastimentos para darles de comer –dijo el santo imponiéndose un respetuoso pudor, porque después de lo que acababa de ver no le parecía correcto mencionar el nombre de Childeberto.

–¿Y por qué no compra usted algo en la tienda, como todo el mundo?, ¿es que no le pagan por esos talleres que imparte? –respondió Jesús Andrés, muy altanero.

–Para no hacer el cuento largo, hijo mío, me parece que Mayola y tú debéis cargar, junto conmigo, con las chapuzas de Childeberto –dijo, entonces sí, el nombre con todas sus letras, porque no le había gustado el grosero cuestionamiento que Jesús Andrés acababa de hacerle.

–Si se va usted a poner así, coja lo que quiera, santo varón.

–¿Y por qué me hablas de esa forma, hijo mío? –le dijo el santo cruzándose de brazos y mirándolo con insistencia a los ojos.

Pero el pescadero rehuía su mirada, miraba hacia un sillón, hacia el cuarto de Julito, hacia el payasito de Lladró.

–Perdone usted, santo varón, es que estoy enfadado.

–¿Enfadado? ¿Con quién?

–Con nadie, con la vida en general –dijo Jesús Andrés, y luego se quedó muy serio, mirando con intensidad el payasito.

El santo supuso que Jesús Andrés quería contarle algo y no sabía cómo empezar, así que le echó un cable:

–¿Tiene que ver con Mayola? –preguntó con cautela.

–En parte sí –respondió el pescadero muy serio y, como acto reflejo, desanudó y volvió a anudarse el batín.

–¿Y qué parte es esa, hijo mío? –insistió el santo, para ver si lograba que ese hombre le abriera su corazón.

–Ya sabe usted, santo varón, Mayola tiene los cascos ligeros –respondió Jesús Andrés, y lo miró con un desamparo que lo hizo estremecer.

–Yo no soy nadie para dar consejos maritales –dijo el santo antes de que el pescadero se lo hiciera ver–, pero me parece que hacen una buena pareja y que merece la pena que se haga un esfuerzo.

–Pero si el esfuerzo se hace –dijo Jesús Andrés, un poco desconcertado y al borde del cabreo.

–Si no digo que no –replicó el santo y, con la intención de ir poniendo los puntos sobre las *íes*, añadió, con cierta imprudencia–: Pero ese esfuerzo hay que hacerlo con ella, y no solo con sus prendas íntimas.

Y en cuanto lo dijo, Jesús Andrés se puso colorado, y él nervioso porque entonces lo vio con claridad, ese diálogo iba a desembocar en Childeberto, y no estaba completamente seguro de que Jesús Andrés supiera los detalles de la ligereza de cascos de Mayola, y desde luego no quería ser él quien se lo dijera.

–¿Se refiere usted a esa prenda morada? –preguntó el pescadero, todavía muy colorado y con una media sonrisa que denotaba su turbación.

–En efecto, hijo mío, en efecto –dijo el santo con una voz sumamente aflautada, que hasta a él mismo lo sorprendió.

–Pues se equivoca usted, santo varón, esa prenda morada no es de Mayola –dijo Jesús Andrés, anudando y desanudando nerviosamente su batín.

–¿Y de quién va a ser? –preguntó el santo, completamente desorientado.

El pescadero dejó de mirarlo a los ojos, regresó a mirar con intensidad al payasito de Lladró y desde ahí le dijo:

–De Rusticiana.

–¡Pero si es la novia de Julito! –gritó el santo, e inmediatamente después los dos oyeron que Rusticiana preguntaba a Julito, con sobrada rudeza, por qué se estaba hablando de ella ahí afuera.

–No piense usted mal, santo varón –dijo Jesús Andrés en voz baja–. Esa prenda la cogí del baño y pensaba devolverla.

–Pues no sé qué decirte, hijo mío –confesó el santo antes de dar un conveniente golpe de timón–. Mejor veamos qué tienes por ahí que pueda llevarle a las rusas, que ya estarán muertas de hambre.

Y cuando se dirigían a la cocina, el santo detrás del pescadero, que seguía anudando y desanudando nerviosamente su batín, salieron Julito y Rusticiana de la habitación, él en calzoncillos y ella con una sudadera larga de él, y con los ojos hinchados de haber llorado mucho, y la cara manchada con una erupción rojiza, seguramente provocada por tanto llanto.

–Parecen del mismo equipo, llevan la misma vestimenta –dijo Julito con un tono de guasa que al santo le cayó muy mal.

–No estarás confundiendo la túnica del santo con el batín del pescadero, ¿no? –dijo el santo con una mala intención que acusó Jesús Andrés, y, cuando el pescadero iba a replicarle alguna crudeza, Rusticiana, parapetada detrás de su novio, mirándolos con sus ojillos rojos, casi cubiertos por la hinchazón de los párpados, preguntó:

–¿Y qué era eso que decían de mí?

La pregunta salió disparada con furia de ese rostro deformado por el llanto.

–Nada importante –respondió Jesús Andrés, rápidamente, con la intención de apagar el fuego.

Mientras tanto, en lo que Rusticiana contraatacaba, el santo sacó los bastimentos para las rusas y los repartió en dos bolsas que se encontró por ahí.

–¿Nada importante? ¿Y por qué Julito oyó que se hablaba de mis bragas? –preguntó Rusticiana con sus manos firmemente posadas sobre las caderas.

–Habrá oído mal –se defendió torpemente el pescadero.

–Tengo que irme, las rusas me esperan –interrumpió el santo y, ante la mirada atónita de los novios y los ojos suplicantes de Jesús Andrés, salió veloz de aquella casa, rumbo a las escaleras, emulando la huida que, hacía no más de media hora, había implementado Mayola.

Cuando el santo llegó a su casa con los bastimentos para el desayuno, las rusas estaban arracimadas, limpísimas y con los cabellos húmedos, frente al ordenador. Dijo un «buenos días» bastante cantarín y ellas algo le contestaron en ruso.

Luego se ofrecieron, a juzgar por lo que sucedió inmediatamente después, a preparar el desayuno. Irina se puso a confeccionar un platón de huevos mientras sus amigas contaban cosas y reían a su alrededor. El santo fue a sentarse al sillón, a pensar en la delicada escena doméstica que acababa de dejar atrás, en casa de sus amigos los pescaderos. También pensó en que, desde la muerte de su madre, nadie le había vuelto a preparar la comida.

Las manos de Irina eran blancas como una nube, y de tanto estar viéndolas cómo batían los huevos en un plato hondo con un tenedor, el santo llegó a pensar que eran la metáfora de su esforzada virginidad. Una metáfora ingenua, y muy cursi, que se haría pedazos muy pronto, más adelante.

Cuando terminaban con el huevo revuelto, que Irina había cocinado con una cantidad insólita de mantequilla, tocó la puerta Madame Erotikón. Pegó una serie de golpes duros y urgentes que no podían ser más que de ella porque su hermano, a esas horas de la mañana, debía de estar tratando de orientarse dentro de una resaca integral.

–Qué gusto verte por aquí, hija mía –le dijo a su prima, con cierto alivio porque iba a llevarse a Irina lejos de su vista.

Aunque ya que se la había llevado, a ella y a sus dos paisanas, comenzó a echarla de menos, y más cuando, a media mañana, fueron a verlo Ricardita y Alicia para decirle que don Childeberto les había contado que las rusas estaban viviendo en su casa, y que eso a ellas les parecía un poco fuera de lugar. Los santos no pueden vivir «tan cerca del fuego», dijo textualmente Ricardita, ante la pétrea conformidad de Alicia.

–No hay de qué preocuparse, hijas mías, si estas rusitas no llegan a los veinte años y yo soy un cincuentón, podría ser el padre de las tres o incluso el abuelito –dijo el santo con mucha tranquilidad mientras se quitaba del pecho una partícula de huevo.

En cuanto la partícula cayó al suelo, dejó al descubierto un manchón grasoso en una parte muy visible de la túnica, en el sitio que hubiera ocupado un medallón. Ricardita se le quedó mirando con incredulidad:

–No sería usted el primer viejo que cae con una jovencita –dijo, e inmediatamente después Alicia añadió, mirándole fijamente el pecho:

–¿Quiere que le saque esa mancha? Tengo un producto buenísimo en casa.

–No, gracias, hija mía, no hay necesidad; los lamparones son consustanciales al santo.

Después les explicó que las rusas eran las hijas de un socio de su hermano y que él y Childeberto le habían pedido que les diera hospedaje mientras resolvían su situación. Luego añadió, para tranquilizarlas, el dato de que eran vírgenes.

–¿Vírgenes? –preguntó Ricardita abriendo mucho los ojos–. Pero si las vimos hace un rato con su prima, iban entrando las cuatro al burdel.

En ese momento, frente a sus dos pupilas, el santo comprendió de golpe que el argumento de la virginidad, que con tanto descaro esgrimía Childeberto, era insostenible.

–No lo sé, hijas mías, ¿qué quieren que haga? Es un favor que me ha pedido mi hermano, y espero que esto no afecte la relación que tenemos ustedes y yo.

–De ninguna manera –dijo Ricardita, presa de un súbito entusiasmo, de una explosión positiva que pretendía dejarlo todo en ceros–. Nosotras estaremos con usted en las buenas y en las malas, faltaría más.

Después se sentaron los tres en la barra de la cocina, a beber el té de rooibos que habían llevado ellas.

El santo se instaló en un agresivo mutismo. Lo que acababan de decirle las señoras lo había afectado mucho. No porque le hubieran descubierto nada, sino porque habían llegado a exponerle, con toda claridad, eso que él no podía pensar sin que todo su entramado de santidad se viniera abajo.

Una vez más concluyó que su vida de santo estaba sostenida, exclusivamente, por la idea que tenía él mismo de su propia santidad, y esto lo dejaba mudo. Aunque también era verdad que ayudaba la fe que Ricardita y Alicia seguían teniendo en él. Ahí radicaba todo su poder, en esos ojos vidriosos que lo miraban con devoción. «¿Qué hago yo bebiendo un inmundo té frente a estas dos señoras?», comenzó a preguntarse. «¿Cuál es el nexo entre ellas, la fe que me tienen, y los restos humanos que tengo en el congelador?» «El nexo soy yo», se respondió a sí mismo, y por primera vez en su vida supo, de una forma poderosa y cristalina, lo que habría sentido su padre cuando hablaba en el altar y no dos pares, sino decenas de ojos vidriosos lo miraban con inquebrantable devoción.

–Está usted muy callado, santo varón –dijo Ricardita después de un intenso intercambio de miradas con Alicia.

El santo no respondió nada, no tenía energía para salir de su mutismo. Se quedó concentrado en el fondo de su taza de té, hasta que se despidieron y se fueron, probablemente pensando que el santo atravesaba por un momento de arrobamiento, que acababa de alcanzar una cima espiritual, cuando la verdad era que acababa de caer de golpe a la tierra.

El santo pasó el resto de la tarde abismado ante esta evidencia. Se sentía agobiado, pero al mismo tiempo experimentaba una especie de liberación.

Una serie de golpes en la puerta y una parvada de risitas le indicaron que alguien llevaba a las rusas de regreso. En cuanto abrió, tratando de librarse del aire saturniano que le habían dejado tantas horas de empeñosa reflexión, se topó con las gafas oscuras de Childeberto y con su inefable bufanda gorda.

Detrás de sus vastos hombros se asomaban las tres rusas, que eran bastante más altas que él.

–Adelante –dijo el santo todavía bastante aturdido, y en cuanto Childeberto echó a andar por el pasillo, seguido por las tres chicas, rumbo al aguardiente del Merecumbé, le espetó–: Estas rusas no son vírgenes, se pasan todo el día en el burdel.

–Voy a sacar un riñón del congelador, si no le molesta –dijo Childeberto, y luego explicó, mientras caminaba de vuelta por el pasillo, rumbo a la puerta, con el tupper en la mano–: Es que Nureyev me está esperando aquí afuera para llevarlo a la clínica.

–¿Nureyev? –preguntó el santo antes de comprobar que, efectivamente, había un matón rubio esperando el órgano.

–Así le llamamos entre nosotros, ¿le importa si me sirvo un trago de aguardiente?

–Adelante, Childeberto, lo has comprado tú, ¿no?

–Sí, Empédocles, pero el entorno es de su propiedad, y no quisiera ser ni invasivo, ni encimoso.

Y, dicho esto, cogió él mismo un vaso y se sirvió un magno trago.

Las rusas se habían metido a la habitación a descansar, después de un largo día de trabajo.

–Estas rusas no pueden ser vírgenes, Childeberto –insistió el santo.

Childeberto lo miró desde una pretendida lejanía y, después de darle a su bebida un trago brutal, que se le desbordó por la comisura izquierda de la boca y terminó absorbido por el tejido rústico de su bufanda, dijo en tono de arrepentimiento:

–Mi intención no era engañarlo, sino evitarle un disgusto; la palabra «puta», y desde luego la puta en sí, no van bien con un santo de su categoría –dijo Childeberto antes de empinarse lo que le quedaba en el vaso y de ponerlo ruidosamente sobre la barra para, inmediatamente después, servirse otro de la misma magnitud. Con el vaso en la mano y enfilando hacia afuera de la cocina, le dijo–: Ahora, si me disculpa, tengo un asunto que atender.

Y, dicho esto, caminó hasta la habitación, abrió la puerta y se adentró en medio del gran jolgorio que le dedicaron las tres rusas.

Cuando cerró la puerta, el santo sintió un chispazo de cólera, un fogonazo que lo puso ciego de rabia pero que inmediatamente reprimió. Y medio minuto después tuvo que volver a reprimirlo, y luego otra vez.

El trabajo en los albergues, como ya le había advertido su hermano, se multiplicó. El Ayuntamiento había diseñado un programa que lo mantenía activo, de lunes a viernes, en las zonas más oscuras de la ciudad, y que se extendía en un arco amplio que iba de los vagabundos a los drogadictos. Pronto tuvo que decirles a sus pupilos del barrio que las disertaciones vespertinas quedaban suspendidas hasta nuevo aviso. Dar esa noticia le produjo un gran alivio.

–La alcaldía me ha encomendado una misión muy exigente.

–¿Y qué misión puede valer más que nosotros? –replicó Ricardita, encrespada y retadora, hablando por todo el grupo, que incluía, además de a ellas dos, a Childeberto y a Julito, que para esas alturas ya habían hecho del templo su centro de operaciones, y a las tres rusas que seguían viviendo ahí y que, poco a poco, habían ido colonizando el espacio. El baño rebosaba de cremas, tenazas para el pelo y cepillos de todas las denominaciones. Había prendas femeninas desperdigadas por la cocina y el salón, y una marea creciente de muñequitas, iconos y adornos rusos invadía cada rincón de la casa del santo. Esa colonización, que al principio le había parecido opresiva, era ya parte de su cotidianidad, tanto que una mañana, en lo que recibía la ducha tibia en el nacimiento del cogote, había pensado que no quería que esos botes que tanto entorpecían sus movimientos, ese champú, ese enjuague y ese gel corporal desaparecieran nunca de su baño. Treinta segundos después ya se había arrepentido de aquel pensamiento.

–Ninguna misión vale más que ustedes, hijas mías –le aseguró el santo a Ricardita, alzando los brazos y echando a volar los velos de su túnica.

–¿Y no podemos asistir a sus talleres matutinos? –contraatacó Alicia.

–No, hija mía, son talleres para indigentes, y una mujer llena de posibilidades como tú sería un poderoso foco de atención que acabaría perturbando mi discurso.

–Me parece muy sensato lo que usted dice –apuntó Childeberto para apoyarlo.

Estaba de pie al fondo del salón, medio oculto detrás de sus gafas oscuras. Sus ojos, el recto y el vagabundo, parapetados en la oscuridad, iban de una rusa a la otra sin sosiego.

Para restarle dureza a su anuncio aclaró que, aunque las disertaciones vespertinas se suspendían, él seguiría atendiendo a sus fieles en caso de necesidad.

Toda la aprensión que el santo había tenido al principio a la hora de invitar a los indigentes a que vendieran un órgano se había ido disipando. En cada taller localizaba media docena de candidatos, y poco a poco los iba trabajando hasta que terminaban en el coche de Julito, con dirección a la clínica que iba a mutilarlos. «Todo acaba siendo normal si se hace las veces suficientes», pensaba casi todo el tiempo, pero en ocasiones dudaba. Dudaba con una angustia que lo hacía temblar.

Una noche, atribulado porque acababa de enviar a media docena de indigentes al quirófano, rellenó de aguardiente la taza donde acababa de beberse una infusión. El alcohol le había desagradado siempre, era un elemento que asociaba con su padre y con su hermano. No beber alcohol era su factor diferencial, su defensa contra esos hombres que eran carne de su carne, o sea, y esto lo comprendió más tarde: su defensa contra sí mismo. Sin embargo, esa noche entendía que necesitaba situarse en un lugar donde pudiera verse a sí mismo desde otra perspectiva, y sabía que el alcohol podía llevarlo hasta allá, fuera de su caparazón.

El primer golpe de aguardiente lo situó en una paz beatífica que lo hizo reflexionar sobre el estrés que le producía últimamente su vida de santo. Cinco minutos más tarde ya estaba consiguiendo relativizar a sus seis pupilos, que debían de estar en esos momentos purgando su paso por el quirófano, y también su papel de personaje importante en una organización criminal. Era verdad, a esa gente le hacía más falta el dinero que un riñón. Y cuando estaba pensando esto se dio cuenta de que también lo estaba diciendo y, probablemente, gritando, porque las rusas habían salido de la habitación y lo rodeaban divertidas. Se acercaban mucho a él, le decían «pope» y le preguntaban, o eso quería entender él, que si le apetecía un poquito más de aguardiente. Y a partir de ese momento el santo no recordaba más que retazos, rubias cabelleras perfumadas que le pasaban muy cerca de la cara, labios rojos, un juego de dientes blanquísimos y esa mano que llevaba mucho tiempo fascinándolo, esa mano blanca, blanca, blanca tras la que se fue yendo y yendo y yendo.

A la mañana siguiente lo despertaron unos golpes en la puerta. En cuanto abrió los ojos sintió que una varilla de hierro le atravesaba de lado a lado la cabeza. Cuando logró incorporarse, desconcertado por la fiereza con que lo acometía ese insoportable malestar, descubrió que estaba en la habitación, sin ropa, entre las tres rusas, que estaban profundamente dormidas y completamente desnudas.

Una angustia sofocante comenzó a subirle, como una anguila, por el esófago. No sabía ni cómo había llegado ahí ni qué había sucedido, pero su presencia en medio de ese trío de vestales le daba una idea de hasta dónde podía haber llegado.

Otra racha brutal de golpes en la puerta lo obligó a ponerse de pie y a buscar tambaleante su túnica por los alrededores. La habitación era un caos de objetos y prendas, un revoltijo que al mirarlo agudizaba su malestar. A mitad del salón, en el área donde sus discípulos se sentaban en los cojines para atender sus disertaciones, yacían, desamparados, sus calzoncillos. Aquello lo desconcertó todavía más, añadió fondo y bruma a eso que le había pasado y que ignoraba del todo. Una nueva tanda de golpes en la puerta lo obligó a ponerse precipitadamente los calzoncillos. La resaca y la angustia lo hacían moverse con mucha torpeza. En cierto momento pensó que se estaba muriendo, que estaba sufriendo un derrame porque el cerebro enviaba a brazos y piernas órdenes que se perdían por el camino, que se derramaban en diversas direcciones. En lo que trataba de mantener el equilibrio, mientras metía el segundo pie en el agujero de los calzoncillos, vio que su túnica estaba desmayada encima del sillón. «¿Qué pasó ayer?», se preguntaba cuando iba, ya con la túnica puesta, a abrirle a quien tocaba con tanta desesperación, con la urgencia propia del que, si no actúa a la velocidad de la luz, se le pudre el riñón que lleva en el Tupperware.

–Zdravstvuite –dijo un muchacho tosco en algo que parecía ruso.

–¿Se le ofrece algo? –preguntó el santo por puro formulismo, por respetar el protocolo, porque era muy evidente que lo que se le ofrecía a aquel muchacho enorme, de cara roja, traje ajustado sobre sus gruesos miembros, víbora tatuada reptándole por el cuello, y teléfono en la mano no podía ser otra cosa que un órgano congelado, o acaso un Kalashnikov.

–De parte del señor Childeberto –respondió el muchacho con un fuerte acento de espía malo de película, y el santo, haciendo un esfuerzo por sobreponerse a los embates de la resaca, que en ese momento insistía en enviarlo a vomitar, preguntó, como se le había instruido:

–¿Contraseña?

–Perestroika tuvo como madre a Stolichnaya –dijo el muchacho en voz baja y cubriéndose parcialmente la boca.

–¿Producto?

–Tupper 16.

Buscó en el congelador, como pudo, lo que le había pedido el ruso, y en cuanto se fue se encerró en el baño a vomitar ruidosamente. Unos tímidos golpecitos en la puerta interrumpieron su escandaloso frenesí, que ya había dejado el saldo de un magma granate y burbujeante.

–¿Qué pasa? –preguntó adolorido y furibundo, con una voz áspera y doliente que parecía el chillido de un animal.

No encontraba ninguna explicación convincente para su debilidad, su ligereza y su estupidez.

–¿Pope? –preguntó Irina del otro lado de la puerta.

Algo dijo el santo para tranquilizarla y luego, esperando la siguiente arcada, recargó la cabeza en el retrete hasta que otro golpecito tímido la despertó.

–Pope, pipí –pidió la rusa con voz suplicante.

El santo se puso de pie y, arrastrando toda su pesadumbre, abrió la puerta y salió del baño como un fantasma. Las otras dos rusas lo recibieron con sonrisitas pícaras y una solidaridad maternal que ya las había hecho preparar unos huevos rebosantes de mantequilla y una jarra de café. «Pope bueno», «pope guapo», decían alternativamente aquellos piropos que habían aprendido seguramente en el burdel. Cada sonrisita que le dedicaban, y cada «pope» que le decían, iban hundiendo al santo en la oscuridad. «¿Qué pasó anoche?», les preguntaba inútilmente, y después se disculpaba por que no tenía estómago para desayunar nada. A todo respondían las rusas con una sonrisa, y cuando el santo empezaba a concluir que quizá la cosa no había llegado a mayores, porque seguramente él, borracho como estaba, no habría podido dar el ancho, Irina se acercó, le dio un beso maternal en la mejilla y, cuando ya celebraba el santo la puntería de su pronóstico, la evidencia de que aquella noche no había pasado de los arrumacos maternales, le puso su mano blanquísima sobre la túnica, concretamente en la entrepierna y, mientras le daba en el bálano un cariñoso apretón, le dijo:

–Pope rico.

Todavía no salía el santo de su asombro cuando repiqueteó el teléfono. Hizo a un lado a Irina, que seguía ahí, con su mano blanquísima posada como una gaviota sobre su sexo, y fue a contestar. Todo se había venido abajo con unos cuantos tragos de aguardiente. O quizá el aguardiente había sido el vehículo por el que había salido toda esa oscuridad que llevaba dentro, y que disimulaba debajo de la túnica.

–Hola –dijo el santo con el teléfono pegado a la oreja, apoyado en el respaldo del sillón porque sentía que las piernas le flaqueaban. Del otro lado salió la voz de la secretaria de su hermano:

–Acaban de llamar del albergue preguntando si va ir usted a darles el taller.

La preocupación por la vida venérea que acababa de inaugurar con sus inquilinas, y el espantoso malestar físico habían hecho perder al santo de vista sus obligaciones. Se puso las sandalias, cogió el morral y salió corriendo a la parada de autobús.

–¡Guapa! –gritó un majadero de los del mercado.

A bordo del autobús fue reflexionando sobre la fragilidad de su vida de santo, y tomó la determinación de que lo que había pasado en la noche, cualquier cosa que hubiera sido, no se repetiría. Beber alcohol había sido una torpeza, pero también era cierto que los santos tenían sus caídas, sus momentos tontos y sus horas de flaqueza. Quién sabía lo que habrían hecho Ghandi, o el mismo Jesucristo, después de beberse unos tragos del diabólico aguardiente del Merecumbé.

Llegó al taller una hora tarde padeciendo el rebote de la resaca, que la caminata al rayo bestial del sol le había hecho aflorar. Sus pupilos seguían esperándolo. No tenían otra cosa que hacer, y además después de su disertación les servían algo de comer. Por eso eran capaces de esperarlo, y de oír cualquier cosa que tuviera a bien decirles, hasta el fin de los tiempos.

Esa mañana dedicó su charla a la importancia de la continencia. Dijo que ante las tentaciones del mundo era imperativo resistir, y que caer en ellas era un síntoma de debilidad. Por primera vez en su vida de predicador, puso como ejemplo la vida disoluta que llevaba su padre. Lo hizo como si estuviera hablando de otro, de un conocido no muy íntimo. Su disertación resultó especialmente violenta, reprobó sin atenuantes la satiriasis, verbalizó un odio y una inquina que lo dejaron atemorizado, o más bien lo pusieron en guardia contra ese fantasma. Intuyó que esa violencia súbita, al margen de la resaca que llevaba encima, no era más que miedo a despeñarse por ese mismo abismo que se había tragado a su padre y, de una forma distinta, también a su hermano. Todo aquello era una ingenuidad porque quizá era precisamente el santo quien ya estaba en el fondo de ese abismo.

Después, ya más tranquilo, ilustró su punto con una carta de tarot: la reina de espadas, que representa una mujer dura, contenida y virginal. En algún momento tuvo que sentarse para no irse al suelo a causa de un mareo, y en un par de ocasiones estuvo a punto de salir corriendo al baño para vomitar, pero logró domeñar el impulso y esto lo hizo sentirse fortalecido.

Cuando dio por concluida la sesión, se sintió muy fatigado. No tenía ni energía ni ánimo suficiente para convencer a ninguno de sus pupilos de que vendiera un órgano. En un gesto muy poco habitual en él, porque siempre esperaba hasta el final, hasta que todos salieran del salón, dijo apresuradamente «hasta luego» y salió deprisa.

–¿Se siente usted bien, padrecito? Tiene mala cara –le dijo una señora que lo alcanzó afuera. El santo la tranquilizó, sin interrumpir su veloz caminata hacia la parada del autobús, diciéndole que estaba un poco indispuesto del estómago.

Logró dejar atrás a la señora, pero un hombre escuálido, que tenía una barba rala y roja, lo abordó con cierta brusquedad. Corrió para alcanzarlo y tiró de su túnica para que se detuviera.

–Padrecito –le dijo–, usted consigue dinero a los que donan órganos, y yo tengo mucha necesidad.

Lo que le dijo aquel hombre y, sobre todo, la forma en que expresó aquella petición lo dejaron desarmado, o más bien expuesto ante sí mismo. El santo se detuvo en medio de la calle y lo encaró para decirle:

–¿Estás loco? ¿Cómo puede valer más el dinero que uno de tus órganos?

El hombre, mirándolo a los ojos con un desamparo que dolía, preguntó:

–¿Por qué a los otros sí los ayuda y a mí no?

El autobús llegaba justamente en ese momento, y el santo no tuvo valor para echarse a correr, para dejarlo ahí, que es lo que hubiera hecho, con toda tranquilidad, el predicador que había montado esa juerga con las tres rusas la noche anterior. El silencio y la inmovilidad del santo fueron interpretados por el hombre de la barba rala y roja, y lo hicieron caminar rumbo al albergue, en dirección a la comida que ya debían de estar sirviendo. El santo se quedó ahí pensando, con creciente angustia, que aquel hombre iba a enredarse en una aventura peligrosa y siniestra para vender su riñón, y que quizá era él mismo quien lo estaba enviando al matadero, por no concederle eso que le había concedido a muchos de sus colegas. Tuvo la certeza de que ese paso atrás que estaba dando iba a perjudicar gravemente a ese hombre y a los que vinieran después. La clínica con la que trabajaba Childeberto tenía, cuando menos, la garantía de que toda la gente que había enviado ahí había regresado viva, sin riñón pero viva. Así que, a pesar del horrendo malestar que aún persistía, echó a correr y alcanzó al hombre para cuadrar la operación.

Luego volvió a correr para alcanzar el siguiente autobús, que acababa de detenerse en la parada, y a medida que se iba alejando de ese hombre escuálido, de barba roja y rala, que ya esperaba a Julito y que quedó enmarcado por la ventanilla como si se tratara de un televisor, sintió, con una certeza hermética, que quien verdaderamente se estaba quedando atrás era el santo varón.

El santo llegó aturdido a su casa. La resaca le palpitaba con fuerza en las sienes.

–Zdravstvuite –le dijo el ruso que lo esperaba en la puerta, con cara de pocos amigos.

–¿Contraseña? –preguntó el santo en lo que metía la llave en la cerradura.

–Pancho Villa era más cabrón que Nicolás el Sanguinario –recitó el ruso leyendo el párrafo de un papelito, con trabajosa dicción y en voz muy baja.

–¿Producto?

–Tupper 32.

Childeberto y Julito debían de divertirse mucho al poner las contraseñas, pensó el santo en lo que se quitaba las sandalias y se encaminaba a la habitación para hacer una siesta. Se acostó en uno de los colchones. Había prendas de las rusas tiradas por todo el cuarto y las sábanas olían al perfume dulzón que usaban. Cogió la almohada, se la puso en la cara y aspiró con fuerza el olor: una mezcla de perfume, sudores y babas nocturnas, todo descomponiéndose en la trama del algodón. Una ecuación que lo hizo recordar de manera muy vívida, en dos o tres flashazos puntuales, escenas de lo que había ocurrido en la noche. Aquellas visiones lo dejaron abochornado y con un principio muy palpable de excitación. Dejó la almohada y, para cortar de golpe aquella ensoñación erótica, recordó que Childeberto también se metía en esa misma cama con las rusas y que, seguramente, había puesto su cabeza en esa almohada que él acababa de olisquear.

Hizo una siesta accidentada en el sillón, llena de sobresaltos. Despertó dos o tres veces sintiendo que iba cayendo por un abismo interminable. Al final optó por levantarse, porque tantas caídas y sobresaltos lo estaban dejando hecho polvo.

Para salir de la inmovilidad en la que se encontraba, salió a dar un rondín nostálgico por el barrio. Echaba de menos su vida de santo sin resaca, y sin más obligaciones que hablar para sus pupilos. Lo saludaron, como de costumbre, la señora de los pollos y la de la panadería. Al pasar al lado del mercado recibió, como era habitual, una ristra de piropos ácidos. Tenía el proyecto de entrar a hablar con Jesús Andrés, pero iba justo de tiempo, su hermano le había prohibido ausentarse más de quince minutos, porque nunca se sabía a qué hora podía aparecer un ruso al que le urgiera un Tupperware.

–Eres como la enfermera de guardia –le había dicho su hermano en uno de sus momentos filosofales–. Un personaje aparentemente secundario sobre el cual descansa toda la organización.

También le había revelado que al alcalde empezaba a preocuparle la intrusión de la prensa en los negocios alternativos. Había un par de reporteros que estaban tirando del hilo de la mafia rusa y del tráfico de órganos, y temía que en algún momento dieran con los albergues y que los indigentes contaran cosas.

–¿Y qué hago si aparece un reportero en mi taller?

–Te haces el turco, o el santo, lo que te venga mejor –le había respondido su hermano y, para que se quedara tranquilo, había concluido–: Estamos cubiertos por todos lados, no hay forma de que nos pesquen, y, en caso de una desgracia, la alcaldía responde por nosotros. Nos ampara una institución democrática, por la que los ciudadanos han votado.

Aquella declaración le había sembrado al santo el cuerpo de escalofríos.

Cuando ya estaba de vuelta en su casa, después de su estéril rondín, tocó a la puerta un ruso y dijo la nueva contraseña que le había comunicado Julito por teléfono. Leyendo de un papelito en voz muy baja y arrastrando las *erres* como si estas tuvieran medio cuerpo enterrado en el fango, dijo:

–Todos los rusos son putarracos.

La punzada en la sien que le había dejado el aguardiente del Merecumbé remitió al anochecer, justamente cuando llegaron las rusas, celosamente pastoreadas por Julito y Childeberto.

–No sé qué pensará la gente al ver un piloto acompañado de semejante rebaño –le dijo el santo a Julito, a manera de saludo abiertamente agresivo. Y a Childeberto le soltó, con un nivel de agresión idéntico–: ¿Por qué traes esa cara de muerto?

–¡Y qué quiere que haga, Empédocles, si me ha dejado mi Mayolis! –gritó Childeberto de improviso, encarándolo, manoteando y gimoteando, con una vehemencia súbita que hizo reír a las rusas, con un desconsuelo gaseoso que le invadía todo el cuerpo y se lo descoyuntaba, con una desesperación que pegaba en el eje de sus gafas y dejaba al aire su ojo vagabundo, que estaba ausente explorando quién sabe qué parajes interiores, probablemente el vergel que habría sembrado Mayola y que se había convertido en un páramo desecado por la sombra maligna de Plutón, de Hades, del inaguantable desamor.

–¡Pero si la Mayolis es un adefesio! –gritó el santo exasperado, rudo y con mucho malditismo, e inmediatamente después, porque había visto venir sus hoscos rojos, matizó–: Dicho esto con todo respeto para mi amiga, que además es la madre de nuestro hermano Julito.

–Con todo respeto, Empédocles, no sabe usted de qué habla –replicó Childeberto reacomodándose las gafas y las coyunturas, y sorbiendo la profusa moquera que le había producido de golpe la emoción–. La Mayolis hace unas cabriolas celestiales, parece la chica de goma, y mejor no sigo para no ofender aquí al compañero.

–Tranquilo, padrino –terció Julito–. Que soy un hombre y puedo soportar la crítica constructiva. –Inmediatamente después, hilando su siguiente frase sin importar que no viniera al caso, Julito anunció–: Tenemos que hacer un brindis por nuestro amigo Childeberto.

Y, dicho esto, sacó una botella de aguardiente y vasos para ellos y para las rusas.

–¿Quiere prepararse una infusión para brindar con nosotros? –le preguntó al santo Julito, que desde luego no podía ni imaginar que en ese mismo escenario, no hacía ni veinticuatro horas, las tres vestales lo habían despojado de la túnica y los calzoncillos.

–¿Y a qué se debe el brindis, hijo mío? –preguntó el santo a Julito, que ya servía unos vasos generosos cuya visión le revolvía al santo el estómago.

–A que don Childeberto Arturo Talamantes y Caletilla ha sido nombrado por el alcalde director general de la Policía –dijo Julito, y Childeberto, al oír su nombre completo y su cargo, se impuso a su desventura amorosa de una manera meteórica, y dijo «salud» con una gran sonrisa que le dejó la cavidad bucal como un esfínter lacio con el que decía «salud» y simultáneamente bebía con desesperación de su vaso.

El santo se quedó con la misma cara que habían puesto las rusas, ellas porque no habían entendido nada, y él porque no podía creer lo que acababa de oír. Y cuando era imperativo que dijera algo, porque Childeberto Arturo comenzaba a sospechar de su silencio, balbuceó:

–Qué sorpresa, hijo mío, me he quedado mudo.

–Y todavía no sabe usted la otra parte del brindis –advirtió Childeberto con la resplandeciente dignidad que le daba su nuevo cargo. Y sin esperar a que el santo dijera algo más, algo menos parco y más entusiasta, alzó su vaso y brindó–: Y por don Julio Gómez Visajudo, que ha sido nombrado director general de Planeación y Estrategia.

Después le pidieron al santo que prendiera el televisor para ver sus nombramientos en el noticiario. En la pantalla aparecían los dos con el alcalde y el hermano del santo, en el salón de actos del Ayuntamiento, compareciendo ante la prensa y explicando los retos que tenían sus nuevos cargos. Las rusas miraban la pantalla de la tele y después, como si se tratara de una cosa muy difícil de comprender, volteaban a ver a Julito y a Childeberto, que a su vez se miraban uno al otro, con un brillo en los ojos que era el destello de la fortuna que veían venir. El santo estaba tan perplejo como las rusas, bebía té compulsivamente y pensaba que todo aquello comenzaba a salirse de control.

Después del noticiario, Childeberto sirvió otra ronda de aguardiente. A las rusas les había entrado una risa tonta y se empeñaban en meterle mano disimuladamente al santo, y él se las quitaba de encima como podía, no quería que hubiera elementos para la sospecha, pero, simultáneamente, experimentaba una suerte de vanidad, de orgullo porque las rusas lo preferían a él y no a Childeberto ni a Julito, que chocaban su vasos entre ellos y después contra el de cada una de las rusas, brindando una y otra vez por sus nombramientos.

Más adelante, Childeberto cogió la botella y, sin dedicarle al santo ni un comentario, ni una triste mirada, se llevó a una rusa de la mano a la habitación. Todavía no terminaban de cruzar el umbral cuando Julito siguió sus pasos, cogió a las otras dos de la mano y, en lo que se iban alejando los tres, Irina le dedicó al santo una mirada larga, con un horizonte que llegaba hasta la noche anterior, y que quedaba sellada por un vocablo que salía de su boca, acompañado por una enigmática sonrisa:

–Pope.

Luego cerraron de un portazo y el santo se quedó petrificado, oyendo la algarabía que salía de la habitación. Abrió la ventana para disipar la ira que le nublaba la cabeza, se contenía para no irrumpir en medio del festín y arrancar a Irina de los brazos de Julito. Huyó varias veces de la posibilidad de hacerlo, de irrumpir, de hacerles ver que, aunque él era un santo, esa mujer era suya. Como hacía últimamente cada vez que se sentía desasosegado, sacó el pie del congelador y empezó a hurgarle entre los dedos con una cucharita. El silencio que reinaba en la habitación lo volvía loco, lo ponía menos iracundo la algarabía, y su esfuerzo por no irrumpir y arrancar a Irina de los brazos de sus amantes lo fue depositando en un trance que lo hizo ignorar que el pie empezaba a descongelarse, a reblandecerse, a quedar a merced del metal de la cucharita, y un tiempo incuantificable después se dio cuenta, con verdadero horror, de que él, que no soportaba ver cómo Chayito desmembraba un pollo con las tijeras, acababa de hacer una escabechina con el dedo meñique del pie.

Al día siguiente, contraviniendo las órdenes de su hermano, salió temprano a la calle. Childeberto y Julito se habían largado sin despedirse, de madrugada, ignorando que a esas horas el santo trataba, sin ningún éxito, de recomponer el dedo escabechinado del pie. No quería enfrentar a las rusas, sobre todo a Irina, así que las dejó que se espabilaran solas, en lo que llegaba a recogerlas Madame Erotikón para llevárselas al burdel.

Después de su disertación en el albergue de indigentes, pasó por una tienda de ropa a comprar una camisa y unos vaqueros. Su vida se había vuelto excesivamente mundana, y lo mundano, pensaba, no podía enfrentarse con una túnica. Cuando regresó a su casa las rusas ya se habían ido al burdel, y ya lo esperaban dos rusos con su contraseña preparada. Después de darle a cada uno el órgano que le correspondía, se despojó de la túnica, se vistió con las prendas que acababa de comprar y fue a la cocina a preparar algo de comer, antes de que llegara su hermano. Puso aceite en la sartén, y en el momento en que iba a echar un filete de pescado de los que le regalaba Mayola se sintió indispuesto, sin ganas de comerse esa pieza blanca y larga que conectaba, de una forma invasiva y misteriosa, con su estado de ánimo. Mejor optó por llevarse a la boca un puño de Cheerios que cogió directamente del paquete.

Cuatro golpes impetuosos en la puerta lo expulsaron de su ensimismamiento. Era su hermano, que se le quedó mirando con cara de espanto:

–¡¿Dónde está la túnica, Empédocles?! –gritó furibundo.

–La he abandonado –le respondió el santo, todavía masticando un resto del cereal.

–¡No, no, no, Empédocles, no! –se fue gritando y manoteando rumbo al pasillo, y cuando el santo iba a cerrar la puerta vio a un hombre de aspecto marcial que anunciaba, con la voz en alto para que su jefe lo oyera:

–Lo espero abajo, señor.

E inmediatamente después desapareció por las escaleras.

Cuando llegó a la cocina, su hermano ya había cogido una botella de aguardiente y daba vueltas alrededor de una silla para tranquilizarse.

–¡Cómo se te ocurre quitarte la túnica, precisamente ahora, Empédocles! –gritó, todavía bastante alterado.

–Es una prenda que ya no va con mi nueva vida –le respondió el santo con solemnidad.

–¿Y qué vida es esa?

–La de traficante de órganos y regente de un burdel clandestino.

–Pero qué dices, Empédocles –soltó su hermano, y después articuló una gran carcajada, que en el acto borró con un trago igual de grande.

Al santo le molestó la liviandad con que su hermano había tomado lo que acababa de decirle y contraatacó:

–Me estás orillando a convertirme en otra persona.

–¡Yo no te he orillado a nada, Empédocles! –empezó a gritar el hermano, con los ojos muy abiertos y bulbosos, y una vena azul palpitándole en medio de la frente, en franca sobremarcha–. ¡Un santo de verdad predica en el desierto, no en el salón de su casa! –Y después, más tranquilo, luego de darle otro gran trago a su vaso, añadió–: Cuando el alcalde sea gobernador yo seré alcalde, y nuestra vida va a dar un vuelco; tenemos que estar preparados.

Después de decir esto su hermano cayó en un silencio reflexivo, se quedó mirando su vaso vacío. El santo observó lo avejentado que estaba, era diez años menor que él pero en ese momento, abatido por las diversas presiones que articulaban su vida cotidiana, podía fácilmente pasar por su padre.

–¿Te has puesto a pensar que quizá no tienes vocación de santo? –preguntó con toda tranquilidad, como si no fuera el mismo energúmeno que le había gritado hacía un minuto.

–Sí, últimamente...

–A eso iba yo –dijo el hermano interrumpiéndolo, mientras se servía más aguardiente–. Precisamente iba a decirte que la túnica no hace al santo y que, santo o no, no tendrías por qué quitártela. De hecho, lo que venía a decirte hoy, antes de saber que te habías vestido de cowboy, es que la prensa está investigando a la mafia rusa y que es probable que un día aparezca un periodista en el albergue de indigentes...

–Eso ya me lo habías dicho –reclamó el santo, y su hermano, antes de proseguir, echó sobre él una mirada vacía.

–El director de Prensa de la alcaldía, que no sabe nada de lo nuestro, me ha dicho que algunos periodistas han empezado a preguntar mucho por los albergues, y que él los ha tranquilizado diciéndoles que esos talleres los lleva un franciscano.

–¿Un franciscano? –preguntó el santo.

Su hermano, con una enorme sonrisa de satisfacción, le tocó el pecho con la punta del dedo índice y anunció:

–Tú eres el franciscano.

El santo no podía creer lo que estaba oyendo, y añadió con temor, porque sabía que el panorama se iría ennegreciendo a medida que su hermano profundizara en la información:

–No soy franciscano, soy un predicador laico.

–Te equivocas, Julito ya lo ha arreglado todo, desde ayer eres un franciscano, ordenado hace treinta años en el Congo Belga, así que lo mejor será que regreses al sayo.

Cuatro semanas más tarde la casa del santo se había transformado, oficialmente, en el cuartel general de su hermano y sus secuaces. A las visitas de Childeberto y Julito comenzaron a sumarse las de sus choferes o sus secretarios o sus colaboradores cercanos, gente de la alcaldía que entraba y salía todo el tiempo y que, cada vez con más frecuencia, le complicaban la entrega y recepción de órganos. Julito había dejado su trabajo en la aerolínea. Todo se manejaba con desparpajo, temeridad y cinismo.

Ni su hermano ni sus colaboradores pensaban renunciar al garito que habían montado en su casa, y durante el tiempo que pasaban ahí iban resolviendo sus asuntos con una batería de teléfonos móviles, triangulados con secretarias y asistentes, que no paraban de sonar.

–¿Por qué no llevamos los órganos a otro sitio menos tumultuoso? –sugirió el santo en una de esas tormentas de ideas que se organizaban sobre la barra de la cocina y que terminaban siempre en francachela.

–¿Y a quién se le va ocurrir investigar aquí? –respondió su hermano con la seguridad de quien se sabe invulnerable, y luego, mirando a Childeberto, añadió con desvergüenza–: Pidámosle su opinión al jefe de la Policía.

El panorama había cambiado radicalmente a partir de los nombramientos de Julito y Childeberto, todo pasaba demasiado rápido, iban de una cosa a la otra con la velocidad que exigía el proyecto político de su hermano, que era convertirse en el nuevo alcalde.

Julito, desde su oficina de Planeación y Estrategia, empezó a idear más negocios para engordar las cuentas del proyecto, y algunos de estos tenían severas repercusiones en la casa del santo. Todo pasaba a gran velocidad, un proyecto se encimaba con el otro y este con otros más, cada día se abría un nuevo frente en aquella carrera frenética para obtener más y más dinero, y en medio de todo aquel tráfago se erigía el santo como la única pieza que se desplazaba a velocidad normal.

Para lavar el dinero que entraba del tráfico de órganos, Julito había pactado una estrategia con tres pintores mediocres y ambiciosos: les pagaba un sueldo mensual a cambio de un número específico de cuadros al mes, luego organizaba subastas a las que asistía gente de su confianza, con un generoso presupuesto, para pujar entre ellos por esos cuadros e inflar sus precios. De manera que un cuadro que en realidad no valía ni cien terminaba, luego de cinco minutos de intensa puja, vendiéndose en cuarenta mil. Aquella cifra sentaba un precedente para toda la obra, y a partir de entonces esos cuadros mediocres se convertían en lienzos de cuarenta mil, y a ese precio empezaban a venderse en galerías o en ferias de arte por todo el mundo. Se trataba de un negocio redondo para todos: el pintor mediocre se volvía una celebridad, las casas de subastas y las galerías se llevaban un generoso porcentaje, y con cada cuadro que se vendía Julito blanqueaba cuarenta mil.

Como aquella trama nacía del dinero que producían los órganos, que era el departamento que llevaba el santo, los mamotretos que Julito les compraba mensualmente a los pintores iban a parar a su casa, en lo que los destinaban a una galería, o a una subasta, o a una feria de arte. Junto a los cuadros que se iban amontonando en el salón, o en el pasillo, recargados contra las paredes, había unas pilas de cajas de cartón llenas de medicinas caducadas que había requisado de algunas farmacias el Ayuntamiento y que la oficina de Julito iba canalizando a países del tercer mundo. También había por todas partes torres de latas de leche en polvo que el departamento de Planeación y Estrategia había comprado a un precio irrisorio al gobierno japonés, que las había desechado por considerar que habían sido contaminadas por la fuga radiactiva de la central nuclear de Fukushima.

–¿Y esta leche no es venenosa? –preguntó el santo cuando se enteró, por una llamada que estaba haciendo Julito, de su procedencia.

–Para nada, Empédocles, la radiactividad es una cosa mental –zanjó Childeberto con la intención de tranquilizarlo.

Lo que había pasado durante los últimos meses había ido acercando al santo a la órbita de su hermano, de manera milimétrica, si se quiere, pero siempre desplazándose hacia la misma dirección. Aunque quizá sea más claro establecer que la deriva del santo estaba directamente relacionada con su insensibilización. Su trabajo de reclutar voluntarios en el albergue se había convertido en una costumbre. Cuando finalmente apareció un periodista en su taller espiritual, respondió a sus preguntas como si de verdad fuera un franciscano ordenado en el Congo Belga. Y lo hizo con una desfachatez y un cinismo que le salió, para su sorpresa, de manera muy natural.

Esta insensibilidad contrastaba con la hipersensibilidad que lo invadía cada vez que aparecía Irina, o cuando oía su voz y hasta cuando pensaba en ella. La ligereza con la que se encerraba en la habitación con cualquiera que se lo insinuara le había molestado desde la primera vez, y ya para esas alturas lo volvía loco.

Una tarde llegó el momento en que, sin poder evitarlo, dejó escapar su desconcierto, su furor y su cólera. Su locura. Al final de una de esas tormentas de ideas que se prodigaban alrededor de la barra de la cocina, cuando todos se aprestaban a refocilarse con las muchachas, el santo tronó de manera intempestiva, dejó correr sus rojos y amenazó, ante el asombro de su hermano y sus cómplices:

–Esta señorita –dijo reteniendo a su rusa por el brazo– se queda aquí conmigo.

Y lo dijo con un ímpetu y un frenesí que anuló cualquier posibilidad de réplica. Lo dijo tocado por su aura de santidad, que cuando se atravesaba pintaba su furia de un tono sobrenatural. Ni su hermano ni Julito ni Childeberto se atrevieron a decir nada. Optaron por respetar lo que el santo acababa de exigir. Con las dos rusas que quedaban, en un silencio respetuoso que contrastaba con el alboroto que solía preceder esos encuentros, enfilaron por el pasillo, que ya había quedado reducido a la cuarta parte por los lienzos pintados que se apilaban contra la pared, el par de congeladores extra que había proveído la mafia rusa y las pilas de cajas de medicamentos caducados y de leche radiactiva de Fukushima.

–El santo varón nos ha desequilibrado el grupo, pero todos tenemos un órgano sexual, ¿no? –comentó Childeberto con tímida festividad, tratando de animarse a sí mismo y a sus amigos, ante la cólera del santo.

Irina, todavía atrapada por el bíceps, lo miraba con miedo. Nunca se había imaginado que el santo fuera capaz de desplegar tanta ira. En cambio, él miraba su propia mano, cerrada con energía sobre esa piel blanquísima, mientras percibía en la palma, con toda claridad, las palpitaciones de Dios.

TERCER ACTO

Como se esperaba el alcalde, luego de una efectiva y costosa campaña, se convirtió en gobernador. Poco tiempo después el hermano del santo se convirtió en alcalde, con la historia del tráfico de órganos poniendo en peligro su carrera política. Uno de esos periodistas, ante los que tantas precauciones se habían tomado, terminó publicando el testimonio de algunas víctimas, que accedieron a hablar y a exhibir sus cicatrices a cambio de dinero. Si se habían mutilado por dinero, ¿qué importaba contarlo por un poco más?

El franciscano que daba cursillos en los albergues municipales, o sea el santo, empezó a convertirse en el talón de Aquiles del nuevo alcalde. La dirección de prensa había tenido que ejecutar una rápida cirugía mediática para difuminar su presencia en los albergues y el rastro que había ido dejando el santo, que, al parecer, era más sólido de lo que su hermano había calculado. Tanto que habían tenido que implementar una serie de acciones físicas, como la desaparición de documentos y de los registros de entradas y salidas, e incluso de la memoria de las cámaras de vídeo del Ayuntamiento que había en los alrededores de los albergues. Todo era, en realidad, un esfuerzo inútil, producto de la histeria con que empezaba a actuar su hermano, que veía resquebrajarse, por culpa del santo, el sueño de su vida. Era inútil porque bastaba el testimonio de unos cuantos pupilos que lo identificaran. Este era precisamente el momento que a su hermano le quitaba el sueño.

En un intento desesperado por atajar el fuego, se tomaron todo tipo de medidas empresariales. El negocio de los órganos fue traspasado a la mafia rumana, que se entendía de maravilla con la rusa, a cambio de un generoso porcentaje, y la casa del santo dejó de ser el centro de operaciones. De un día para otro, una tenebrosa brigada de trabajadores del Ayuntamiento se lo llevó todo. Donde habían estado los congeladores, y los cuadros apilados, y las cajas de medicamentos caducos y de leche radiactiva, quedaron grandes marcas oscuras que nacían en el suelo y trepaban por las paredes. No es que la casa hubiera quedado como era antes, se percibía que algo había terminado, que las marcas y los papeles y las bolsas de plástico que invadían el suelo eran el eco de algo que se había ido. Aquel eco, aquella materia desperdigada por la casa del santo, constituía una señal, un mensaje cristalino que él no supo, o no quiso, entender.

En una iniciativa ingenua, que tenía mucho de mecanismo de defensa, el santo comenzó a preparar la reposición de su templo. Se veía a sí mismo regresando a la vida sencilla, a la rutina del predicador que va soltando consignas por el barrio y reclutando fieles y esparciendo su mensaje de amor, paz y tolerancia. Como si en su casa no hubiera quedado ese estruendoso eco, reinició sus rondines espirituales, se acercó nuevamente a la panadería, al negocio de los pollos, a los pasillos del mercado. Decía lo mismo que había dicho siempre, iba ataviado con su ropa habitual de santo y, sin embargo, ya no producía la misma reacción en su rebaño. O quizá, para ser más precisos, deberíamos decir: ya no producía ninguna reacción.

Ricardita le dijo que de momento prefería no volver al templo, y en los pasillos del mercado experimentó una rara frialdad. Nadie se dirigía a él como «santo varón», pero tampoco lo insultaban. Pasaba de largo, casi inadvertido, como si fuera un cliente normal. Mayola y Jesús Andrés lo recibieron con la amabilidad de siempre, pero con un fondo de escepticismo que detectó de inmediato. Algo se había sabido, alguna información se había colado, su hermano y él habían nacido en ese barrio y la gente los conocía y detectaba lo que estaba sucediendo. O quizá no, a lo mejor es que ya no era lo mismo insultar al loco del barrio que insultar al hermano del alcalde.

–¿Pasa algo? –preguntó extrañado el santo a Jesús Andrés, porque Mayola estaba atareada destripando una trucha.

–No pasa nada, santo varón –respondió el pescadero sin mirarlo, fingiendo que diagnosticaba el filo de un cuchillo que sostenía frente a sus ojos con el brazo estirado.

El santo no supo cómo reaccionar frente a esa dosis de escepticismo y, luego de unos segundos de espesa incomodidad, dio media vuelta y se fue. Salió del mercado abrumado, pensando que debía ir a probar suerte al burdel, pero a mitad de la calle fue interceptado por Alicia, que, sin ningún tipo de preámbulo, como si le urgiera deshacerse de aquello que iba a decir, le preguntó:

–¿Es verdad que ahora vive usted con una de las rusas?

–Es verdad –respondió el santo y, antes de que Alicia le hiciera otra pregunta todavía más comprometida, se alejó caminando rumbo a su casa.

Descartó la visita al burdel porque consideró que, antes de ejecutar cualquier otra maniobra, tenía que sentarse a conformar un dibujo mental de su nueva situación.

Fue entonces cuando me llamó por teléfono. Hacía meses que rehusaba verme, pero, según me explicó, había llegado el momento de contar algunas cosas antes de que otro las contara por él. Yo hacía tiempo que había abandonado la historia, había tratado de escribir algo con el material que tenía, pero pronto vi que el santo, sin una trama que lo impulsara, era un personaje que no lograba salir del ámbito folclórico. Después, durante semanas, había pensado en la posibilidad de inventarle una trama, de montarle una ficción alrededor que le diera calado y profundidad al personaje, y sentarme a escribir lo que sería, propiamente, una novela.

Pero entonces me llegó otro encargo del periódico que me hizo sepultar el proyecto del santo, con menos frustración de la que había calculado. La vida del periodista es así, o quizá sería más justo decir que la vida en general es así: una larguísima cadena de proyectos frustrados interrumpida, muy de vez en cuando, por un proyecto que llega a realizarse. Así que abandoné en un cajón la libreta donde había empezado a anotar la historia del santo, y un par de cedés que había editado con sus testimonios. Pensé que aquello podía servirme para una nota de color en Semana Santa, o que podía funcionar como anécdota para contrastar algún artículo sobre la Iglesia o sobre la religión, o incluso sobre los locos que pueblan, cada vez con más asiduidad, las calles de las ciudades.

El encargo del periódico era un largo artículo sobre la ex gimnasta Nadia Comaneci que fue creciendo tanto que, unos meses más tarde, tenía material suficiente para escribir un libro. Un editor amigo mío se entusiasmó con la idea porque se aproximaba el mundial de gimnasia, que iba a celebrarse en San Petersburgo, y veía ahí una oportunidad para la promoción. Durante los meses en que el santo fue profundizando en su delirante aventura criminal, yo viajé por Rumania y visité a la ex gimnasta en su casa de Oklahoma. Ahí me contó su fascinante historia con el hijo de Ceaucescu y su fuga de Rumania por el bosque, con lodo hasta las rodillas, unos días antes de que cayera el dictador de su país. Cuento esto para establecer lo interesado que estaba en esa encomienda periodística que ya para entonces se había convertido en una encomienda personal. Todo iba sobre ruedas hasta esa tarde en que, sin venir a cuento, me llamó el santo. Se oía verdaderamente atribulado y en algún momento me dijo que estaba tan furioso que se sentía capaz de denunciar a su propio hermano, que ya entonces era el alcalde de la ciudad. La oportunidad periodística que me ofrecía el santo era única, y quedé en verlo al día siguiente, en su casa. Yo había presionado para que nos viéramos esa misma tarde, pero el santo me dijo que tenía algo que hacer, que le venía mejor al día siguiente. Saqué el material que dormía, desde hacía meses, en el fondo del cajón, y puse un cedé para oír su voz y estuve escuchándolo absorto, durante tres cuartos de hora, nuevamente convencido de que debajo de esa voz aleteaba una gran historia.

Al día siguiente me presenté en su casa. Entré al edificio aprovechando que salía un vecino y en cuanto toqué la puerta descubrí que estaba abierta. Volví a tocar, ahora preguntando si había alguien, si podía pasar. No me atrevía a decir «santo», como lo llamaría cualquiera de sus pupilos, y en ese momento me abrumó un poco la evidencia de que no conocía ni su nombre. Entré al departamento, que estaba oscuro y como recién desvalijado. Recorrí el pasillo, vi la habitación, la cocina, el salón donde el santo me había contado que impartía sus disertaciones. Me encontraba por fin en el teatro donde sucedía aquello que me había ido contando, pero, al parecer, el santo había desaparecido. Nadie sabía dónde estaba, ni los pescaderos, ni Ricardita ni Alicia, ni el conserje, y su hermano era un personaje demasiado importante y, por lo que había insinuado el santo, seguramente no iba a estar interesado en decirme nada. Durante varios días fantaseé con la posibilidad de desentrañar el misterio de la desaparición del santo, que seguramente tenía que ver con los negocios turbios en que lo había enredado su hermano, pero cuando planteé la hipótesis al director del periódico me dijo que para meternos con el alcalde necesitábamos pruebas contundentes y que al ser un loco el desaparecido lo más probable era que él solo se hubiera ido por ahí, a practicar su santidad en otro sitio. Aquello logró desanimarme, el director tenía razón, y yo archivé por segunda vez el material del santo, después de agregar la información de la llamada telefónica y mi experiencia al recorrer, por primera vez, su casa.

Anoté en mi libreta: «No sé explicar muy bien por qué, pero sentí vértigo al estar en medio del teatro de sus disertaciones».

Y más abajo anoté: «La cama sin hacer, con las sábanas revueltas, me parece un signo que indica que alguien lo ha obligado a irse».

Y por último anoté: «Tengo el presentimiento de que pronto me encontraré con el santo».

Luego volví a guardarlo todo, como he dicho, en el fondo de un cajón, y regresé a mi libro sobre Nadia Comaneci.

De mi presentimiento se cumplió la mitad; me volví a encontrar con él, pero no pronto, sino diez años más tarde, cuando ya ni recordaba mi proyecto frustrado del santo urbano. Volví a saber de él por una tarjeta postal que llegó a mi buzón metida en un sobre. Era la fotografía aérea de un pueblito asentado en el centro de un valle que ocupaba la mayor parte de la tarjeta. Era una postal del santo, que enviaba desde Makamba, una ciudad de Burundi, en África. En no más de cinco líneas me invitaba a visitarlo, decía que tenía una «deuda periodística» conmigo y me comunicaba su dirección, que era una fórmula que al principio me pareció un chiste pero poco a poco, al analizar la fotografía de Makamba, fue adquiriendo la entidad de un dato duro: «Doscientos metros al oeste del expendio de Coca-Cola». La postal estaba firmada, sin más aclaración, por «el santo».

Habían pasado muchos años desde mi último encuentro con él, y durante todo ese tiempo había habido movimientos en el organigrama del periódico. Yo había ido dejando paulatinamente de reportear y me había ido concentrando en las oficinas, primero como jefe de la sección Nacional, luego como director de la sección de Opinión, y finalmente como subdirector del diario, una posición desde la que me fue muy fácil armar un viaje periodístico a Burundi. «Los jefes tenemos que volver de vez en cuando a reportear, hay que estar al día para que los reporteros no nos pasen por encima», le dije al director, que no podía creer que aquella vieja historia, que él mismo me había sugerido, siguiera viva.

Llegar a Bujumbura, la capital de Burundi, me llevó treinta y dos horas de vuelo con dos escalas y un cambio de avión. Pasé la noche en un hotel y al día siguiente alquilé un jeep para ir a Makamba. El trayecto me llevó casi todo el día. Tuve tiempo de sobra para arrepentirme del viaje, de esa idea maniaca de que los directivos de un diario deben salir a reportear de vez en cuando. Con el volante entre las manos, cubierto por varias capas de polvo africano, me quedaba muy claro que se llega a ser directivo de un periódico después de hacer muchos reportajes, y que una vez que se ha llegado nunca más, por salud mental y física, se vuelve a reportear.

Llegué a Makamba cuando empezaba a atardecer. Dejé el jeep frente al expendio de Coca-Cola y caminé los doscientos metros hacia el oeste que me había indicado el santo en la postal. Llegué a una casa blanca, de una planta, que tenía las puertas abiertas y dentro, en la zona del patio que podía verse desde fuera, jugaban dos niños rubios con un perro famélico. En lo que intentaba ver algo que me indicara que aquella era la casa del santo, y pensaba que probablemente me había equivocado al calcular los doscientos metros, salió una mujer rubia y gruesa a preguntarme si yo era el reportero del periódico. Después me quedaría todo claro, pero entonces no sabía nada de la historia del santo con la mafia rusa, ni de la existencia de Irina. Detrás de la rubia apareció el santo, idéntico al santo que había yo dejado de ver hacía una década pero vestido de camisa y vaqueros, un poco menos delgado quizá, con algunas canas en la barba, pero igual de greñudo y con el mismo borde rojo alrededor de los ojos, rojo como un alambre candente. Lo primero que hice al verlo fue dudar, dudar de la importancia de su historia y de lo que tenía que contarme, dudar de mi empecinamiento periodístico y de todo el tinglado que había montado para llegar hasta Makamba. Dudé de las razones que me habían llevado hasta ahí y pensé que un periodista de verdad no es aquel que persigue su historia hasta las últimas consecuencias, sino aquel que persigue su historia y tiene la suficiente entereza para, en cuanto llegue el momento, abandonarla. Pero ya estaba ahí, así que saludé a Irina y a los niños y lamenté no haberles llevado algo, cualquier cosa comprada en cualquiera de los cuatro aeropuertos que había recorrido.

Después de cenar me quedé hablando con el santo. Estábamos sentados a la mesa, una mesa de madera pintada de un blanco brillante sobre el que rebotaba la luz que salía de la llama del quinqué. El santo, a pesar de estar sumergido en la mundanidad que le daban su mujer y sus hijos, seguía conservando su aire lunático, que, alumbrado por la luz intermitente de la llama, le daba también un aire fantasmal.

Afuera en Makamba era noche cerrada, por la puerta de la casa, que dejaban abierta, entraba la voz lejana de algún vecino, los ladridos de un perro, el ruido gutural de algún otro animal que no pude identificar, y un olor a yerba y a boñiga que lo inundaba todo. Eché a andar el aparato electrónico que me habían dado en el periódico para grabar la entrevista, y el santo se puso a hablar sin pausa, respondiendo rápidamente las cosas puntuales que yo le iba preguntando, para retomar inmediatamente después el hilo de su monólogo. Daba la impresión de que llevaba largo tiempo pensando lo que iba a decir, y esperando el momento de decirlo. Yo lo veía hablar, escribía de vez en cuando alguna nota, pero fundamentalmente lo veía, lo observaba, hacía un minucioso retrato mental de sus facciones y poco a poco, mientras él seguía hablando, llegaba a la conclusión de que, a pesar de aquella santidad heroica que había sostenido durante años, era un hombre normal, sin ninguna clase de carisma. Quizá aquello había sido la causa del poco arrastre que había tenido como santo, su falta de atractivo físico, no era ni muy guapo ni muy feo, era un hombre delgado, greñudo y barbón, con mirada de lunático pero aspecto normal. Y un santo, por definición, no puede parecer normal, pensaba yo mientras me contaba de la primera vez que apareció Childeberto en su disertación, de la primera vez que le pidió que le guardara una caja en el congelador y de cómo su vida de santo se había ido metamorfoseando hasta convertirse en la vida de un traficante de órganos y regente de burdel clandestino. Me contó que aquella vez que me había llamado por teléfono había faltado a la cita porque su hermano había aparecido en su casa esa misma tarde para decirle que el asunto de la venta de órganos en los albergues para indigentes era una bomba de tiempo y que, después de analizar cuidadosamente todas las alternativas, había concluido que lo mejor para todos era echarle la culpa a él y desaparecerlo del mapa. El santo me dijo, mientras añadía más aceite al quinqué y me servía más vino de Tanzania que había comprado, según me confesó, por si algún día aparecía yo por

Makamba, que en cuanto su hermano amenazó con desaparecerlo él había tratado de defenderse, pero la otra alternativa, si decidía quedarse en la ciudad, era echarle la culpa y presentarlo ante las autoridades, hacerlo pasar por un loco, cosa que no era difícil. Así que no había tenido más remedio que aceptar su desaparición, debidamente orquestada por los ayudantes de su hermano, que eligieron un destino verdaderamente remoto y le consiguieron con ayuda del gobernador, y del Merecumbé, que ya entonces era uno de los empresarios importantes de Burundi, una plaza vitalicia en la parroquia de Makamba.

El santo se había ido esa misma tarde, con Irina, que ya estaba embarazada del primero de sus hijos y que no salía nunca de casa por temor a una *vendetta* de la mafia rusa, que no suele tolerar la deserción de sus mujeres.

Pero al final no había pasado nada, aquella bomba de tiempo que tanto temía su hermano no había explotado, el caso se había desvanecido como suele pasar con decenas de casos de corrupción municipal que quedan impunes. El santo no era más que otra víctima, otro chivo expiatorio, pero al final todo había salido bien y estaba contento, y también Irina y los niños estaban contentos, me dijo el santo, sonriendo por primera vez en toda la noche, a la hora en que los gallos empezaban a cantar y la oscuridad comenzaba a romperse con un resplandor rojo que pintaba el horizonte africano.

Irina despertó a las seis en punto y nos encontró todavía a la mesa. Me hizo un café que logró quitarme la somnolencia que me habían producido el vino y la noche en vela. «Eso es todo –me dijo el santo–, no tengo más que contarle.» Luego me pidió que si algún día escribía su historia no revelara ni su nombre ni el de su hermano, ni la ciudad donde todo eso había sucedido. «Mi hermano es ahora gobernador, y no quisiera perjudicarlo. Todo lo que quería era vaciar mi alma –me dijo, y enseguida puntualizó–: la oscuridad de mi alma.» Le pregunté si tenía que omitir también los nombres de sus pupilos, de los pescaderos y, sobre todo, el de Childeberto, que era un nombre del que por motivos fonéticos no quería yo prescindir. El santo me dijo que podía dejar esos nombres, para que algún espabilado, si se empeñaba, pudiera dar con el sitio exacto. De esa manera ya no sería el responsable de la ruina política de su hermano. «Y a mí póngame Empédocles, es un nombre que va conmigo», pidió al final, y luego se levantó de la mesa. Tenía que vestirse para ir a cumplir con su obligación y yo podía acompañarlo, si quería. Ya había amanecido cuando el santo salió de su casa vestido de sotana, casulla, cíngulo y estola. Mientras caminábamos hacia la parroquia se iban acercando los fieles a saludarlo, a besarle la mano, a escoltarlo rumbo a la primera misa del día. Sentado en la última fila, vi cómo el santo abría teatralmente los brazos para que le colgaran las mangas de la sotana y oí su potente voz decir: «En el nombre del padre, y del hijo, y del espíritu santo».

Por la puerta abierta de la parroquia entraba un aire caliente que era el presagio de lo que vendría en cuanto el sol alcanzara altura suficiente. Más allá de la puerta se extendía una pradera enorme por donde corría una mujer vestida de falda dorada y un peto de piel de leopardo. La veía por detrás, la veía corriendo rumbo al sol y pensé, no sé por qué, que iría murmurando una canción, un par de estrofas que repetía y repetía y de donde, al parecer, sacaba fuerzas para correr, un par de estrofas con muchas *as*, muchas *kas* y muchas *tes*.

Anoté en mi libreta: «Incluir una mujer que canta mientras corre hacia el sol en alguna parte de la historia del santo».

Después anoté: «La sotana del santo es verde».

Y por último anoté: «Esta historia, si algún día la escribo, debería llamarse *Restos humanos*».